KB062774

BESTSELLERWORLDBOOK 38

이방인

알베르 카뮈 지음 | 유혜경 옮김

소담출판사

유혜경

1960년생. 성심여자대학교 경영학과 졸업.
스페인 마드리드 국립언어학교 스페인어과 수료. 영국 옥스퍼드 Godmer House 영어 연수.
한국외국어대학교 동시통역대학원 졸업. 동 대학원 통역번역학 박사과정 수료.
역서로『내 일생의 단 한번』『사랑의 충동』『아침 7시, 그 남자의 불행』『위대한 이혼』등이 있다.

BESTSELLER WORLDBOOK 38

이방인

펴낸날 ｜ 1993년 4월 30일 초판 1쇄

지은이 ｜ 알베르 카뮈
옮긴이 ｜ 유혜경
펴낸이 ｜ 이태권
펴낸곳 ｜ (주)태일소담
　　　　서울시 성북구 성북동 178-2 (우)136-020
　　　　전화 ｜ 745-8566~7　팩스 ｜ 747-3238
　　　　e-mail ｜ sodam@dreamsodam.co.kr
　　　　등록번호 ｜ 제2-42호(1979년 11월 14일)
　　　　홈페이지 ｜ www.dreamsodam.co.kr

ISBN 89-7381-038-3　00860

L'etranger

Albert Camus

나는 방아쇠를 당겼고,
권총 자루의 미끈한 배를 만졌다.
그리하여 짤막하고도 요란스러운 소리와 함께
모든 것이 시작되었던 것이다.
나는 태양과 땀으로부터 벗어났다.
한낮의 균형과 내가 행복을 느끼던
바닷가의 특이한 침묵을 깨뜨린 것임을
나는 깨달았다.

L'etranger

차례

제1부

1

오늘 어머니가 세상을 떠나셨다. 어쩌면 어제였는지도 모른다. 양로원으로부터 전보가 온 것이다.

'모친 사망, 내일 장례식.'

그것만으로는 알 수가 없다. 아마 어제였는지도 모르겠다. 양로원은 알제에서 80킬로미터쯤 떨어진 마랑고에 있다. 2시에 버스를 타면 날이 저물기 전에 도착할 수 있을 것이다. 그러면 밤을 새울 수도 있을 것이고, 내일 저녁에는 돌아올 수 있으리라.

나는 사장에게 이틀 동안의 휴가를 신청했다. 사장은 이유가 이유인 만큼 거절할 수가 없었다. 그러나 좋아하지 않는 눈치였다. 나는 이런 말까지 했다.

"그건 제 탓이 아닙니다."

사장은 아무런 대답도 하지 않았다. 그제야 나는 그런 소리는 하지 말았어야 좋았을 것이라고 생각했다. 내가 변명할 이유는 없었던 것이다. 오히려 그가 나에게 위로의 말 한마디라도 해 주는 것이 당연한 일이었다. 아마 이틀 후 내가 상복 차림을 하고 있는 것을 보면 무슨 말이 있겠지. 지금은 어쩐지 어머니가 죽지 않은 것이나 마찬가지인 듯했다. 장례식이 끝난 다음에는 기정 사실이 되어 모두가 더 격식을 갖추게 될 것이다.

2시에 버스를 탔다. 날씨가 몹시 더웠다. 그전에 나는 늘 하던 버릇대로 셀레스트네 식당에서 점심을 먹었다. 식당 사람들은 나를 가엾게 여겨 모두 슬퍼해 주었고, 셀레스트는 이렇게 말했다.

"어머니란 한 분밖에 없는 것이니 오죽하겠소?"

내가 식당을 나서자 모두들 문 밖까지 바래다주었다.

나는 내가 좀 무심하다는 생각이 들었다. 왜냐하면 양로원으로 출발하려고 했을 때 비로소 상복으로 갈아입지 않은 것이 생각나, 에마뉘엘의 집에 들러 검은 넥타이와 완장을 빌려야 했기 때문이다. 에마뉘엘은 몇 달 전에 그의 아저씨를 잃었던 것이다.

나는 버스를 놓치지 않으려고 뛰어갔다. 그처럼 서두르며 달음박질치고 버스에 흔들리며 가다가 가솔린 냄새, 하늘과 길 위에 반사되는 햇살 등 그러한 모든 것 때문에 아마 잠이 들었던 모양이다.

나는 버스 안에서 거의 내내 잤다. 눈을 떴을 때 어떤 군인의 어깨에 기대고 있었는데, 그는 나에게 웃어 보이며 먼 곳에서 오느냐고 물었다. 난 더 이상 말하고 싶지 않아서 그렇다고 대답했다.

양로원은 마을에서 2킬로미터쯤 떨어진 곳에 있었다. 나는 그곳까지 걸어서 갔다. 곧장 어머니를 보려고 했는데, 문지기의 말이 먼저 원장을 만나야 한다는 것이었다. 원장이 바빠서 나는 조금 기다려야만 했다. 그동안 문지기는 줄곧 이야기를 했고, 드디어 나는 원장을 만났다. 원장은 자기 사무실에서 나를 맞아 주었다. 레종 도뇌르 훈장을 단, 키가 작은 늙은이였다. 그는 맑은 눈빛으로 나를 쳐다보았다. 그러고는 내가 내민 손을 하도 오랫동안 잡고 있어서 나는 손을 어떻게 빼내야 할지 매우 난감했다. 원장은 서류를 뒤적이고 나서 말했다.

"뫼르소 부인은 3년 전에 이곳에 들어오셨습니다. 의지할 사람이라고는 당신밖에 없었지요."

나는 그가 나를 책망하는 것이라고 생각하고 사정 이야기를 하기 시작했다. 그러자 그는 나의 말을 가로막았다.

"변명할 필요는 없습니다. 당신 어머니의 서류를 읽어 보았는데, 어머님을 부양하실 수가 없었더군요. 어머님을 돌봐 줄 사람이 필요했지만 당신의 월급이 매우 적더군요. 그러니 어머니께서는 여기 계시는 것이 더 행복하셨을 것입니다."

"네, 그렇습니다, 원장님." 하고 나는 말했다. 그는 덧붙였다.

"어머님께서는 같은 연배의 친구 분들과 잘 어울리셨지요. 친구 분들과는 지나간 옛날 이야기를 할 수 있으셨으니까요. 당신은 젊어서 어머님이 당신과 살았더라면 아무래도 적적하셨을 겁니다."

그것은 사실이었다. 어머니는 내 집에 계셨을 때 아무 말 없이 나를 바라보기만 하며 시간을 보냈던 것이다. 양로원으로 들어가고 난 처음 며칠 동안은 가끔 우시는 일도 있었다. 그러나 그것은 타성 때문이었다. 아마 몇 달 후 양로원에서 다시 모셔 오겠다고 했더라도, 역시 타성 때문에 우셨을 것이다.

마지막 해에 내가 양로원에 별로 가지 않은 것은 그러한 이유도 조금 있었다. 또한 양로원에 가려면 일요일을 다 바쳐야 하고, 버스 정류장까지 가서 차표를 산 뒤 두 시간 동안이나 여행을 해야 하는 것이 귀찮았기 때문이기도 했다.

원장은 다시 이야기를 계속했다. 그러나 나는 듣는 둥 마는 둥 하고 있었다. 이윽고 그는 이렇게 말했다.

"물론 어머님이 보고 싶으실 테지요."

나는 아무 대답도 하지 않고 일어나 방을 나서는 그의 뒤를 따랐다. 계단으로 나서며 그는 설명을 했다.

"시신은 조그만 빈소로 옮겨 놓았습니다. 다른 사람들의 신경을 자극하지 않기 위해서입니다. 원내에서 사망자가 생길 때마다 이삼 일 동안 사람들의 신경이 몹시 날카로워지기 때문이죠."

우리는 안뜰을 지나갔는데, 거기에는 노인들이 많이 모여 이야기를 나누고 있었다. 그들은 우리가 지나갈 때에는 잠시 말이 없다가, 다 지나가고 나면 뒤에서 다시 이야기를 시작하는 것이었다. 마치 재잘대는 앵무새들의 소리와도 같았다. 조그만 집 문 앞에 이르자 원장은 이렇게 말하고는 나를 두고 혼자 가 버렸다.

"그럼, 저는 가 보겠습니다, 뫼르소 선생. 언제든지 사무실로 오시면 뵙겠습니다. 장례식은 내일 아침 10시로 예정되어 있습니다. 밤샘하실 것을 생각해서 그렇게 정한 겁니다. 끝으로 한 말씀 드리겠는데, 어머님께서는 가끔 원우들에게 장례식은 종교장으로 해 줬으면 좋겠다는 말씀을 하셨던 모양입니다. 그래서 종교장에 필요한 준비는 제가 다 해 놓았습니다. 미리 알려 드리는 겁니다."

나는 원장에게 감사의 뜻을 표했다. 그러나 어머니는 무신론자랄 것도 없었지만, 생전에 종교를 생각한 적이 없었다.

나는 안으로 들어갔다. 하얗게 회칠을 하고, 천장엔 유리창이 달린 매우 환한 방이었다. 의자와 X자 모양의 틀이 여러 개 놓여 있었다. 방 한가운데 있는 두 개의 틀 위에는 뚜껑이 덮인 관이 가로 놓여 있었다. 호두 기름을 칠한 판자 위에 듬성듬성 박아 놓은 번쩍거리는 나사못만이 두드러져 보였다. 관 옆에는 흰색 블라우스를 입고 머리에 짙은 빛깔의 수건을 쓴 간호사가 있었다.

그때 문지기가 내 뒤로 나타났다. 달려온 모양이었다. 그는 좀 더 듬거리며 말했다.

"이, 입관을 했습니다만 보실 수 있도록 뚜껑을 열어 드리죠."

그러면서 관 가까이 가려고 하기에 나는 그를 만류했다.

그가 말했다.

"안 보시겠습니까?"

"그만두겠습니다."

그는 말을 끊었고, 나는 그런 소리를 하지 말았어야 했다는 생각
이 들었다. 잠시 후 그가 나를 바라보며 다시 말했다.

"보고 싶지 않으십니까?"

그러나 책망하는 어조는 아니었고, 그저 이유를 알아보자는 것
같았다.

"글쎄, 모르겠습니다."

그러자 그는 흰 수염을 어루만지면서 나를 보지 않고 말했다.

"하긴 그러실 겁니다."

푸르고 맑은 그의 눈은 아름다웠으며 얼굴빛은 조금 붉었다. 그
는 나에게 의자를 권하고 자신도 내 뒤에 조금 떨어져 앉았다. 간
호사가 일어나서 문 쪽으로 걸어갔다. 그때 문지기가 내게 말했다.

"종기가 나서 저렇답니다."

나는 무슨 말인지 알아차리지 못하고 간호사를 쳐다보았다. 간호
사는 눈 밑에 붕대를 감고 있었는데 그것이 머리까지 동여매져 있
었다. 코끝까지 붕대로 감겨 있어서 그녀의 얼굴에는 흰 붕대만이
보였다. 간호사가 나가자 문지기가 말했다.

"저도 가 보겠습니다."

내가 어떤 동작을 취했는지 모르겠지만, 그는 그 자리에서 일어나 나가지는 않았다. 그가 그렇게 내 등 뒤에 서 있는 것이 나에게는 거북했다. 방 안에는 저녁때가 가까운 오후의 아름다운 빛이 가득 차 있었다. 말벌 두 마리가 유리창에 부딪히며 윙윙거리고 있었다. 졸음이 왔다. 나는 문지기 쪽으로 고개를 돌리지 않은 채 이렇게 물었다.

"여기 오신 지 얼마나 됐습니까?"

"한 5년 됐습니다."

마치 처음부터 그 물음을 기다리고 있었다는 듯이 그는 즉시 대답을 했다. 그러고 나서 수다스럽게 이야기를 시작했다. 마랑고 양로원에서 그가 문지기로 일생을 끝마치게 될 것이라고 누군가가 말해 주었더라면 아마 그는 매우 놀랐을 것이며, 그의 나이는 예순네 살이고 파리에서 태어났다고 했다. 그때 내가 그의 말을 가로막고 말했다.

"그래요? 이 고장 사람이 아니시군요."

그러고는 그가 나를 원장실로 안내하기 전에 어머니에 대한 이야기를 했던 것이 떠올랐다. 그가 내게 말하기를, 산이 없는 평지에서는, 더구나 이 지방은 몹시 더우므로 속히 매장을 해야 한다고 했다. 그는 파리에 살았고, 파리가 좀체 잊혀지지 않는다고 말한 것도 그때였다. 파리에서는 시체를 사흘이고 나흘이고 방치하는 수도 있지만 여기서는 서둘러야 하고, 슬퍼할 겨를도 없이 곧 영구차를 따라가야 한다는 것이었다. 그때 그의 아내가 말했다.

"여보, 그만둬요. 그런 얘기는 이분에게 할말이 못 돼요."

그러자 영감이 낯을 붉히며 사과를 했다.

나는 그들의 대화에 끼어들었다.

"천만에요, 그렇지 않습니다."

문지기의 이야기가 그럴듯하고 흥미 있는 것이라고 생각되었기 때문이다.

조그만 빈소에서 문지기는 자기가 영세민으로 이 양로원에 들어왔다는 말을 했다. 그는 건장하여 일을 할 수 있을 것이라고 생각해 그 문지기 자리를 지원했다는 것이었다. 나는 그에게 결국 그도 양로원의 한 사람이 아니냐고 했더니 그는 아니라고 했다. 나는 그가 재원자(在院者)들의 이야기를 하면서 '그들', '그 사람들', 또 어쩌다가는 '늙은이들'이라는 말투를 쓰는 것을 듣고 의아했다. 왜냐하면 재원자들 중에는 그보다 나이가 많은 사람들도 있었기 때문이다. 그러나 말할 것도 없이 자기는 그들과는 같지 않다는 것이었다. 그는 문지기니까 어느 정도 그들에 대하여 권리를 가지고 있는 셈이었다.

그때 간호사가 들어왔다. 그리고 갑자기 땅거미가 내려앉았다. 곧이어 밤이 천장의 유리창 위에 쌓여 갔다. 문지기가 스위치를 올렸을 때, 별안간 쏟아지는 불빛 때문에 나는 앞이 캄캄하도록 눈이 부셨다. 그가 저녁을 먹으러 가자고 권했으나 나는 식욕이 없어 사양했다. 그러자 그는 밀크 커피를 한 잔 가져오겠다고 말했다. 밀크 커피를 매우 좋아하는 나는 그러라고 했다.

조금 뒤에 그가 쟁반을 하나 들고 돌아왔다. 나는 커피를 마셨다. 커피를 마시고 나니 담배가 피우고 싶어졌으나, 어머니의 시신 앞에서 담배를 피워도 좋을지 어떨지 몰라 주저했다. 그러나 생각해 보니 조금도 꺼릴 이유가 없었다. 나는 문지기에게 담배 한 대를 권하고 둘이서 함께 피웠다.

문득 그가 말했다.

"어머님의 친구들도 밤샘을 하러 올 겁니다. 관습이 그러니까요. 의자와 커피를 가져와야겠습니다."

나는 두 개의 전등 중 하나는 끄면 안 되겠냐고 물었다. 담벼락에 반사되는 불빛이 견디기 어려웠던 것이다. 문지기는 그럴 수 없다고 했다. 전선이 연결되어 있어서 다 켜든지 아주 꺼 버리든지 하는 수밖에 없다는 것이었다.

그 후로 나는 그에게 별로 관심을 두지 않았다. 그는 나갔다가 들어와서 의자들을 늘어놓고, 한 의자 위에다 커피 주전자와 찻잔 두 개를 놓았다. 그러고 나서 어머니 쪽으로 가서 나와 마주 앉았다. 간호사는 방의 한쪽 구석에서 등을 돌리고 앉아 있었다. 그녀가 무얼 하고 있는지 보이지는 않았으나, 팔을 움직이는 것으로 보아 털실로 무엇을 짜고 있다는 것을 짐작할 수 있었다. 방 안은 나른하고 커피를 마셔서인지 몸은 훈훈하고, 열린 문으로는 밤의 그윽

한 꽃 냄새가 풍겨 들어오고 있었다.

내가 좀 졸았던 모양이다. 무언가 스치는 소리에 눈을 떴다. 눈을 감고 있었던 탓에 방 안의 불빛이 더욱 눈부셔 보였다. 내 앞에는 그림자 하나 없었고, 모든 사물의 모서리 하나하나, 곡선 하나하나가 눈에 아프게 새겨질 정도로 뚜렷이 드러나 보였다.

그때 어머니의 친구들이 들어왔다. 모두 여남은 명 되었는데 그들은 아무 말 없이 그 눈부신 빛 속을 살며시 걸어 들어왔다. 그들은 의자 하나 삐걱거리지 않고 앉았다. 내가 그때 그들을 봤던 것처럼 그렇게 자세히 사람을 본 적은 일찍이 없었으며, 그들의 얼굴, 옷차림의 사소한 모습 하나까지도 내 눈에 띄지 않는 것이 없었다.

그러나 그들은 너무 말이 없어서 마치 이 세상 사람들 같지 않았다. 여자들은 거의 모두 앞치마를 두르고 허리를 끈으로 졸라매어 그들의 불거진 배를 더욱 드러내고 있었다. 나는 그때 처음으로 늙은 여자들의 배가 얼마나 커질 수 있는지를 목격했다. 남자들은 거의 몹시 여위었고 지팡이를 짚고 있었다. 내가 그들의 얼굴을 보고 놀란 것은, 눈은 보이지도 않고 다만 주름투성이 가운데 희미한 빛만이 보이는 것이었다.

그들이 앉았을 때 거의 모두가 나를 바라보며 이가 빠진 입 속으로 입술이 말려 들어간 얼굴들을 어색하게 기울였는데, 그것이 내게 대한 인사인지 아니면 그들의 버릇인지는 알 수 없었다. 아마 나에게 인사를 한 것이 아닌가 싶다. 그들이 모두 문지기를 둘러싸고 나와 마주 앉아서 고개를 끄덕거리고 있는 것을 본 것은 바로 그때였다. 잠시 나는 그들이 나를 심판하기 위해서 거기에 와 앉아 있다는 어처구니없는 인상을 받았다.

조금 후 한 여자가 울기 시작했다. 둘째 줄에 앉은 여자였는데, 앞에 앉은 다른 여자에게 가려 잘 보이지 않았다. 짧은 소리를 잇달아 내며 계속 우는 것이었다. 내게는 그녀의 울음이 언제까지라도 그치지 않을 것처럼 생각되었지만, 다른 사람들에게는 들리지도 않는 듯했다. 그들은 맥없이 침울한 낯으로 묵묵히 앉아 있었다. 모두들 관이나 지팡이, 아니면 그 외에 무엇을 들여다보고 있었는데, 그저 그 한 가지만을 보고 있는 것이었다.

여자는 마냥 울고 있었다. 그렇게 울고 있는 여자가 내가 알지도 못하는 사람이라는 것이 자못 이상했다. 나는 그 울음소리가 듣기 싫었다. 그렇다고 울지 말라고 할 수도 없었다. 문지기가 그 여자에게로 고개를 숙이고 무슨 말을 했지만, 그녀는 머리를 흔들며 뭐라고 중얼거리고는 다시 울기 시작했다. 문지기가 내 곁으로 와서 앉았다. 그는 잠시 아무 말 없이 있더니 내 얼굴은 쳐다보지도 않고 말했다.

"저 사람은 어머님과 매우 각별하게 지냈답니다. 어머님은 원내에서 그녀의 유일한 벗이었는데 이제는 그야말로 홀홀 단신이 되고 말았다는 겁니다."

우리들은 그렇게 오랫동안 앉아 있었다. 여자의 한숨과 흐느낌은

차츰 줄어들었다. 그녀는 몹시 훌쩍거리더니 마침내 울음을 그쳤다. 졸음은 오지 않았으나 나는 피곤하고 허리가 아팠다. 이제는 마주하고 있기가 거북한 그 모든 사람들의 침묵만이 있을 뿐이었다.

다만 때때로 이상한 소리가 들렸는데, 나는 그것이 무슨 소리인지 알 수가 없었다. 결국 알고 보니, 그것은 그중의 어떤 늙은이들이 볼때기 안쪽을 빨아서 그런 야릇한 소리를 내는 것이었다. 그들 자신은 그런 소리가 나는 것을 의식하지 못하고 있었다. 제각기 깊은 생각에 잠겨 있었기 때문이다. 그들 앞에 누워 있는 이 시신은 그들의 눈에는 아무런 의미도 없다는 인상까지 나는 받았다. 그러나 지금 생각해 보면 그것은 아닌 듯했다.

우리들은 모두 문지기가 따라 준 커피를 마셨다. 얼마 후 눈을 떠 보니 노인들은 모두 쭈그린 채 잠이 들어 있었는데, 한 사람만이 지팡이를 거머쥔 손등 위에 턱을 괴고 마치 내가 깨기만을 기다리고 있었다는 듯이 나를 뚫어지게 바라보고 있었다. 나는 다시 잠이 들었다.

허리의 통증이 더욱 심해져서 나는 눈을 떴다. 날이 밝아 유리창 위로 빛이 들어오고 있었다. 조금 뒤에 노인 한 사람이 잠에서 깨어 기침을 했다. 그는 바둑무늬가 있는 커다란 손수건에 침을 뱉고 있었는데 객담을 할 적마다 토한다기보다는 마치 잡아 뽑는 듯했다. 그는 다른 사람들을 깨웠고 문지기는 갈 시간이 되었다고 알려 주었다.

그들은 일어섰다. 괴로운 밤샘으로 그들의 얼굴은 푸석푸석해져 있었다. 매우 놀라운 일이었지만, 그들은 모두 방문을 나서면서 내 손을 잡아 주었다. 마치 서로 한마디도 주고받지 않은 그날 밤이 서로 간의 친밀감을 두텁게 만들어 준 것처럼.

나는 피곤했다. 문지기가 나를 자기 방으로 데려가 주어서 간단히 세수를 할 수 있었다. 그리고 또 밀크 커피를 마셨는데 맛이 아주 좋았다. 밖으로 나왔을 때는 해가 중천에 떠올라 있었다. 바다와 마랑고 사이에 있는 언덕 위의 하늘에는 붉은빛이 가득히 퍼지고 있었다. 언덕 위로 부는 바람은 소금기 풍기는 냄새를 실어 오고 있었다. 아름다운 하루가 시작되려는 것이었다. 나는 오랫동안 야외에 나가 본 일이 없었으므로, 어머니 장례식만 아니라면 산책하기에 얼마나 즐거울까 하는 생각이 들었다.

나는 뜰의 플라타너스 나무 밑에서 기다렸다. 신선한 흙냄새를 들이마셨고 졸음은 오지 않았다. 회사 동료들 생각이 났다. 바로 이 시간에 그들은 일터에 가려고 일어날 것이다. 나에게는 언제나 이때가 가장 힘든 시간이었다. 나는 그러한 것을 좀더 생각하다가 이윽고 집 안에서 나는 종소리에 주의를 빼앗겼다.

창문 뒤에서 한동안 소란스런 소리가 나더니 다시 잠잠해졌다. 해는 좀더 높이 떠올랐다. 햇빛이 내 발을 쬐기 시작했다. 문지기가 마당을 가로질러 와서는, 원장이 나를 부른다고 일러 주었다. 나는 원장실로 갔다. 그리고 원장이 시키는 대로 여러 가지 서류에다 서

명을 했다. 그는 줄무늬 바지에 검은 윗도리를 입고 있었다. 전화기를 손에 들고 그가 내게 말했다.

"장의사들이 조금 전에 도착했습니다. 관을 닫기 전에 한 번 더 어머님을 보시겠습니까?"

나는 보고 싶지 않다고 했다. 원장은 전화통 속으로 목소리를 낮추어 명령했다.

"피자크, 인부들에게 일을 시작하라고 하게."

그러고는 그가 장례식에 참석하겠다는 말을 하기에 나는 그에게 감사하다고 말했다. 그는 자기 책상 위에 걸터앉아 짧은 다리를 포갰다. 우리 두 사람 외에 당번 간호사도 참석하게 될 것이라고 그가 덧붙여 말했다. 원칙상으로 재원자들은 장례식에 참석할 수 없어 밤샘만 시킨다는 것이었다.

"그건 인정 문제입니다." 하고 그가 말했다. 이번에는 특별히 어머니의 절친한 남자 친구였던 토마 페레라는 노인이 장례식에 참석할 수 있도록 허락했다고 했다. 그때 원장은 빙그레 웃고 나서 말했다.

"그야 좀 어린애 같은 감정이지요. 그와 어머님은 떨어져 있는 일이 거의 없었습니다. 원내에서 놀리느라고 그에게 '당신의 약혼자이구려.' 하면 그는 웃곤 했어요. 그렇게 말해 주는 것이 그분들에겐 좋았던 모양입니다. 그는 뫼르소 부인이 세상을 떠나 몹시 슬퍼하고 있을 것입니다. 그래서 그가 장례식에 참석하는 것을 허락하지 않으면 안 되겠다고 생각한 것이지요. 그러나 왕진 의사의 권고에 따라서 어젯밤에 밤샘만은 금했습니다."

우리는 오랫동안 말없이 있었다. 얼마 후 원장이 일어나서 사무실 창문으로 밖을 내다보면서 말했다.

"마랑고 신부님이 벌써 오시네. 꽤 이르시군."

마을에 있는 교회당까지 가자면 적어도 45분은 걸릴 것이라고 그가 알려 주었다. 우리는 빈소로 내려갔다. 빈소가 있는 건물 앞에는 신부와 복사 아이 둘이 있었다. 한 아이가 향로를 들고 있었는데, 신부는 그 향로의 은줄의 길이를 조절하려고 그에게로 허리를 굽히고 있었다. 우리가 그 앞으로 가자 신부가 몸을 일으켰다. 그는 나를 '아들'이라고 부르면서 몇 마디 이야기를 했다. 그러고는 안으로 들어갔다. 나도 그 뒤를 따랐다.

방 안에는 못이 박힌 관과 네 명의 인부가 있었다. 영구차가 길에서 기다리고 있다는 원장의 말과 기도를 시작하는 신부의 목소리가 들렸다. 그러고는 모든 것이 매우 빨리 진행되었다. 인부들은 큰 보자기를 들고 관 앞으로 나섰고, 신부와 그를 뒤따르는 어린아이들과 원장과 나는 밖으로 나왔다. 문 앞에는 처음 보는 모르는 여인 한 명이 서 있었다. "뢰르소 씨입니다." 하고 원장이 말했다. 나는 그 여인의 이름을 듣지 못했고, 다만 그녀가 당번 간호사임을 알았을 뿐이다. 그녀는 웃는 표정도 없이 뼈가 앙상하게 드러난 갸름한 얼굴을 숙였다.

우리는 관이 지나갈 수 있도록 나란히 비켜섰다. 그리고 인부들을 따라 양로원을 나왔다. 문 앞에 영구차가 기다리고 있었다. 관은 모양이 기다란 데다 옻칠을 하여 번쩍거리는 것이 필통을 연상케 했다. 영구차 앞에는 십장(什長)이 서 있었는데 그는 괴상한 옷차림을 한 키가 작은 남자였다. 그리고 몰골이 형편없는 노인 한 사람이 있었다. 나는 그가 페레 씨임을 알았다.

그는 위가 동그랗고 전두리가 널찍한 소프트 모자를 쓰고, 바지가 구두 위를 덮을 만큼 늘어진 옷차림을 하고 있었다. 커다란 흰 칼라가 달린 셔츠에는 지나치게 작은 검은 넥타이를 매고 있었다. 주근깨가 난 코밑에서 입술이 가늘게 떨리고 있었다. 가냘픈 머리카락은 축 늘어져 테두리가 못생긴 야릇한 귀밑으로 흘러내리고 있었다. 창백한 얼굴에 그 귀만 선지피처럼 새빨간 것이 무엇보다도 인상적이었다.

십장이 우리들에게 자리를 정해 주었다. 신부가 앞장을 서고 다음에 영구차 둘레로 네 명의 인부, 그 뒤로 원장과 나, 끝으로 당번 간호사와 페레 씨가 따르기로 했다.

하늘에는 벌써 햇빛이 잔뜩 퍼져 있었다. 햇볕은 땅 위에 무겁게 내리쬐기 시작했고, 어느덧 더위가 심해졌다. 길을 떠나기 전에 왜 우리가 그렇게 오랫동안 기다렸는지 모르겠다. 검정 옷을 입은 나는 몹시 더웠다. 모자를 썼던 노인은 다시금 모자를 벗었다. 고개를 돌려 그를 보고 있으려니까 원장이 그의 이야기를 했다. 원장은 나에게 어머니와 페레 씨는 저녁마다 간호사와 함께 마을까지 산책을 하곤 했다는 얘기를 해 주었다.

나는 주변의 벌판을 바라보고 있었다. 하늘 아래로 보이는 언덕까지 늘어져 있는 사이프레스 나무 숲이며, 검붉고 푸른 땅, 드문드문 산재해 있는 그린 듯한 집들을 보면서 나는 어머니의 심정을 알 수 있었다. 양로원에서의 저녁은 하염없이 서글픈 휴식 시간과도 같았을 것이다. 오늘은 대지에 넘치는 햇빛으로 말미암아 떠는 듯 어른거리는 풍경이 보기에도 허탈하고 답답했다.

우리는 길을 떠났다. 그때 나는 페레 씨가 다리를 약간 절고 있는 것을 알았다. 영구차의 속도가 점점 빨라지자 영감이 뒤로 처졌다. 영구차 곁을 따라가던 인부 한 사람도 지금은 뒤에 처져서 나와 나란히 걸어가고 있었다. 나는 태양이 그렇게 빨리 하늘로 떠오르는 것을 보고 놀랐다. 이미 오래전부터 벌판에서는 윙윙거리는 풀벌레 소리와 바스락거리는 나뭇잎 소리가 소란스럽게 들려오고 있었다.

얼굴에서 땀이 흘러내렸다. 나는 모자를 쓰고 있지 않았으므로 손수건으로 부채질을 하고 있었다. 그때 옆에서 걸어가던 인부가 나에게 뭐라고 말을 했으나 듣지 못했다. 그 인부는 오른손으로 모자 가장자리를 들어올리며 왼손에 들고 있던 손수건으로 이마를 닦았다. 나는 그에게 물었다.

"뭐라고 하셨지요?"

그는 하늘을 가리키며 되풀이했다.

"태양이 너무 내리쬡니다."

나는 "네." 하고 말했다. 조금 뒤에 그가 물었다.

"어머님이 돌아가셨어요?"

나는 또 "네." 하고 대답했다.

"연세가 많으셨나요?"

"꽤 많으셨습니다."

정확한 나이를 몰라서 나는 그렇게 대답할 수밖에 없었던 것이다. 그러나 그는 말이 없었다. 뒤를 돌아보았더니, 페레 영감이 우리 뒤로 한 50미터나 떨어져서 따라오고 있었다. 그는 모자를 벗어 들고 팔을 휘저으며 걸음을 재촉하고 있었다. 나는 눈을 돌려 원장을 보았다. 그는 매우 점잖게 걷고 있었다. 이마 위에 땀이 몇 방을 흐르고 있었으나, 그것을 닦으려고도 하지 않았다.

내가 보기에는 행렬이 좀 빠른 것 같았다. 주위에는 한결같이 햇빛을 머금어 눈부시게 빛나는 벌판만이 보일 뿐이며, 하늘에서 쏟아지는 빛은 견딜 수 없을 지경이었다. 얼마 후 새로 포장한 길을 지나게 되었다. 뜨거운 햇볕에 녹아서 아스팔트가 눅진해져, 발이 빠져 들어가서는 번쩍거리는 바닥에 자국을 내는 것이었다. 영구차 위로 드러나 보이는 마부의 가죽 모자는 마치 검은 엿 속에 넣어서 으깬 것 같았다. 푸르고 흰 하늘과 그 단조로운 빛깔들, 끈적거리는 갈라진 아스팔트의 검은 빛깔, 거무스름한 의복, 옻칠한 영구차의 까만 빛깔들 사이에서 나는 정신이 좀 혼미해졌다. 햇빛, 가죽 냄새, 영구차의 말똥 냄새, 옻 냄새, 향 냄새, 잠 못 이룬 지난밤의 피로, 그러한 모든 것이 내 눈과 머리를 어지럽게 만드는 것이었다.

나는 다시 한 번 뒤를 돌아보았다. 구름처럼 깔린 무더운 공기 속에서 페레 영감이 아득히 멀리 나타났다가 다시 사라졌다. 여기저기 둘러보았더니 그가 길을 버리고 벌판을 가로질러 가는 것이 보였다. 동시에 나는 좀더 가서 길이 구부러진 것을 보았다. 페레 영감은 그 지방을 잘 아니까 우리들을 따라오려고 샛길로 접어든 것이었다. 길이 구부러진 곳에 이르렀을 때 그는 우리들을 따라왔다. 그러고는 또 보이지 않았다. 그는 다시 벌판을 가로질러 갔고 그러기를 여러 차례나 반복했다. 나는 관자놀이에서 핏대가 욱신거리는 것을 느꼈다.

그 다음에는 모든 것이 너무나 급속하고 순조롭게, 또 자연스럽게 진행되었으므로 내 기억에는 아무것도 남아 있지 않다. 단지 한 가지 기억에 남는 것은 마을 어귀에서 당번 간호사가 내게 한 말이었다. 얼굴과는 어울리지 않는 야릇한 목소리, 아름답고 떠듬거리는 목소리로 그녀가 말했다.

"천천히 가면 더위를 먹을 염려가 있고, 너무 빨리 가도 땀이 나서 교회당에 들어가면 오한이 납니다."

그건 사실이었다. 어쩔 도리가 없었다.

그 밖에 그날의 몇 가지 광경이 머리 속에 남아 있다. 가령 페레가 마지막으로 마을 근처에서 우리들을 따라왔을 때의 그 얼굴. 흥분과 슬픔의 눈물이 그의 뺨 위로 번뜩이고 있었다. 그러나 주름살 때문에 눈물이 흘러내리지 않았다. 눈물은 맺혔다가 그 쭈그러진 얼굴 위에 옻을 바르듯 물 칠을 해 놓은 것 같았다.

그 밖에 생각나는 것으로는 교회당과 보도 위에 서 있던 마을 사람들, 묘지 위의 제라늄, 페레의 기절(마치 무슨 인형이 해체되어 쓰러지는 듯했다.), 어머니의 관 위로 떨어지던 붉은 흙, 그 속에 섞여 있던 나무 뿌리, 그리고 또 사람들, 목소리들, 마을 어느 카페 앞에서 기다리던 일, 끊임없는 엔진 소리, 그리고 마침내 버스가 빛나는 알제 시가지에 다다르자 이제는 드러누워 실컷 잠을 잘 수 있겠구나 하고 생각했을 때의 안도감, 그러한 것들이었다.

2

잠이 깨자, 나는 이틀 동안의 휴가를 신청했을 때 왜 사장의 기색이 좋지 않았는지 그 까닭을 알 수 있었다. 바로 오늘이 토요일인 것이다. 나는 그것을 잊어버리고 있었는데, 자리에서 일어나자 생각이 났다.

사장은 자연히 내가 일요일까지 나흘 동안 쉬게 될 것을 생각했을 것이므로 그것이 그의 마음에 들었을 리가 없다. 그러나 한편으로 생각해 보면 어머니의 장례식을 오늘 치르지 않고 어저께 치른 것은 내 탓이 아니었고, 또 어차피 나는 토요일과 일요일은 쉬었을 것이다. 물론 그렇다고 해서 사장의 심정을 이해하지 못하는 것도 아니었다.

어제 하루 장례식 일로 피곤했기 때문에 일어나기가 힘들었다.

수염을 깎으면서 오늘은 무엇을 할까 궁리하던 끝에 해수욕을 하러 가기로 했다.

해수욕장으로 가기 위해 나는 전차를 탔다. 그리고 곧 바닷물 속으로 뛰어들었다. 젊은이들이 많이 있었다. 거기서 전에 우리 회사의 타이피스트로 있던 마리 카르도나를 만났다. 당시 나는 그녀에게 마음이 끌렸었다. 그녀도 그랬던 것 같았다. 그러나 얼마 후에 그녀가 회사를 그만두었기 때문에 우리는 만날 기회를 갖지 못했던 것이다.

나는 그녀가 부표(浮標) 위로 오르는 것을 도와 주었는데, 그때 내 손이 그녀의 가슴을 스쳤다. 그녀가 부표 위에서 배를 깔고 엎드려 있을 때도, 나는 그냥 물속에 있었다. 그녀는 나에게로 몸을 돌렸다. 머리카락이 얼굴에 흐트러진 채 웃고 있었다. 나는 그녀의 곁으로 기어올라 갔다.

왜 그런지 그냥 좋았고, 나는 희롱을 하는 것처럼 머리를 뒤로 젖혀 그 여자의 배 위에 올려놓았다. 그녀가 아무 말도 하지 않기에 나는 그대로 그렇게 하고 있었다. 하늘이 온통 나의 눈 속에 담겨진 듯 보였고 푸른 하늘엔 황금빛이 감돌고 있었다. 목덜미에서 나는 마리의 배가 오르락내리락하는 것을 느끼고 있었다. 우리는 어렴풋이 잠이 들었다.

태양이 너무 뜨거워지자 마리가 물속으로 뛰어들어 나도 뒤를 따랐다. 나는 그녀의 곁으로 다가가서 팔로 허리를 감싸고 함께 헤엄을 쳤다. 마리는 줄곧 웃고 있었다. 물가로 나와 우리가 몸을 말리고 있는 동안 그녀가 나에게 말했다.

"당신보다 내가 더 까만데요."

나는 저녁에 영화 구경을 가고 싶지 않냐고 마리에게 물어 보았다. 그녀는 웃으면서 페르낭델이 주연한 영화를 보고 싶다고 말했다. 우리가 옷을 다 입었을 때 내가 검은 넥타이를 매고 있는 것을 보고 그녀는 매우 놀라는 표정을 짓더니, 상중이냐고 물었다. 나는 어머니가 돌아가셨다고 대답했다. 언제 그렇게 되었는지 알고 싶어 하기에 나는 '어제'라고 대답했다.

그녀는 당황하는 것 같았으나 아무런 말도 하지 않았다. 그건 내 탓이 아니라고 말할까 하다가, 그런 소리를 사장에게도 했던 것을 생각하고 그만두었다. 그런 말을 해봤자 무의미한 일이었다. 어차피 말이란 좀 꼬이게 마련이다.

저녁에 마리는 모든 일을 다 잊어버렸다.

영화는 때때로 우습고 너무나 싱거웠다. 마리는 다리를 내 다리에 기대고 있었다. 나는 그녀의 젖가슴을 어루만졌다. 영화가 끝날 무렵 키스를 한다는 것이 잘되지 않았다. 영화관을 나와 마리는 내 집으로 왔다.

내가 눈을 떴을 때 마리는 가 버리고 없었다. 그녀는 친척 아주머니한테 가야 한다는 이야기를 했었다. 오늘이 일요일이라는 생각이 들자 나는 기분이 언짢았다. 그래서 이불 속에서 몸을 뒤척이며 마리가 베개에 남긴 머리카락의 소금기 냄새를 맡으면서 10시까지 자 버렸다. 그러고는 침대에 누운 채 12시까지 담배를 피웠다.

나는 여느 때처럼 셀레스트네 레스토랑에 가서 아침을 먹고 싶지가 않았다. 왜냐하면 레스토랑 사람들이 던질 여러 가지 질문에 대꾸하기가 싫었기 때문이다. 나는 달걀을 부쳐서는, 빵도 없이 접시에다 입을 대고 먹었다. 빵이 없는 것을 알면서도 사러 가기가 싫었기 때문이다.

아침을 먹은 후 할 일 없이 집 안을 서성거렸다. 어머니가 있었을 때는 알맞은 아파트였다. 그러나 지금 나에게는 너무 넓어서 식당의 테이블을 내 방으로 가져올 수밖에 없었다. 나는 이 방의 약간 찌그러진 의자들과 유리가 누렇게 된 옷장과 화장대와 구리 침대만 사용하며 그 사이에서 살고 있는 것이다. 그 외에는 모두 내버려둔 채로 있다.

조금 뒤에 나는 심심해서 옛 신문을 한 장 들고 읽었다. 크루셀 소금 광고를 오려서 재미있는 기사들을 모아 두는 노트에다 그것을 붙였다. 나는 다시 손을 씻고 나중에는 발코니에 나가 앉았다.

내 방은 변두리의 중심가로 향하고 있다. 오후의 날씨는 화창했다. 그러나 보도는 눅진하고, 행인들은 뜸하고 걸음들이 빨랐다. 먼저 산책하는 한 가족이 지나갔다.

바지가 무릎 밑까지 내려오는 해군복을 입고 뻣뻣하게 풀을 먹인 옷이 불편해 보이는 두 소년이 먼저 지나가고, 다음에는 커다란 리본을 달고 칠피 구두를 신은 소녀, 그 뒤로 자줏빛 옷을 입은 뚱뚱한 어머니와 키가 호리호리한 사나이로 얼굴만은 나도 알고 있는 아버지가 따랐다. 그는 나비 모양의 끈이 달린 밀짚모자를 쓰고 손에는 지팡이를 짚고 있었다. 그의 아내와 함께 그를 보았을 때, 나는 동네 사람들이 왜 그를 보고 점잖은 사람이라고 하는지 알 수 있었다.

조금 뒤에 교외의 젊은이들이 지나갔다. 모두들 머리에는 기름을 바르고, 붉은 넥타이에 허리를 조른 윗도리, 수를 놓은 포켓, 코가 네모진 구두, 그러한 차림이었다. 나는 그들이 시내로 영화 구경을 가는 길이라고 생각했다. 그들은 그렇게 일찌감치 길을 떠나 소리 높여 웃으면서 전차를 타러 서둘러 가고 있었다.

그들이 지나고 난 뒤에는 점점 행인이 줄어들었다. 아마 어디선가 구경이 시작된 모양이었다. 이제 길에는 가게를 보는 주인들과 고양이들만이 있을 뿐이었다. 길가에 늘어선 가로수 위로 보이는 하늘은 맑았으나 윤택이 없었다. 맞은편 인도 위에 담배 가게 주인이 의자를 내다가 문 앞에 놓고 등받이 위에 두 팔을 괴고 거꾸로 걸터앉았다. 조금 전에는 터질 듯이 가득 찼던 전차들도 지금은 거의 비어 있었다. 조그만 카페 '페레로'에서는 점원이 텅 빈 방을 쓸고 있었다. 하기야 일요일이니까.

나도 의자를 돌려서 담배 가게 주인처럼 놓았다. 그것이 더 편하다고 생각되었기 때문이다. 나는 담배를 두 대 피우고 나서, 방 안으로 들어가 초콜릿을 한 조각 가지고 나와 창 앞에서 그것을 먹었다. 하늘이 점점 어두워져서 한 차례 소나기라도 오려는 것이려니 생각했다. 그러나 하늘은 차차 밝아졌다. 그래도 지나가는 먹구름은 거리를 더욱 어둡게 만들면서 비를 약속하는 듯한 빛을 남겨 놓았다. 나는 오랫동안 하늘을 바라보고 있었다.

5시에 전차들이 요란하게 소리를 내며 달려왔다. 야외 경기장으로 난간에까지 매달린 구경꾼들을 싣고 가는 것이었다. 그 다음 전차는 운동 선수들을 싣고 왔는데, 손에 든 보스턴 백으로 그들이 운동 선수임을 짐작할 수 있었다. 그들은 고함을 지르며 그들의 클럽은 결코 패하지 않을 것이라고 있는 힘을 다하여 노래를 부르고 있었다. 몇몇 사람이 나에게 손짓을 했다. 그중 한 사람은 "우리가 이겼어!" 하고 나에게 소리치기까지 했다. 그래서 나는 머리를 끄덕여 '그렇다'는 표시를 했다. 그때부터 버스들이 몰려오기 시작했다.

해는 조금 더 기울어졌다. 지붕 위로 하늘은 불그스름해지고 저녁이 시작되자 시가지는 활기를 띠었다. 행인들은 점점 늘어갔다. 사람들 속에 섞인 그 점잖은 영감이 눈에 띄었다. 어린애들은 울거나 손목을 잡혀 끌려오고 있었다.

뒤이어 동네 영화관에서 구경꾼들이 쏟아져 나왔다. 구경꾼들 가운데 젊은이들은 여느 때보다 경직된 몸짓을 하고 있는 것을 보고 나는 그들이 활극 영화를 구경하고 나오는 것이구나 생각했다. 시내 영화관에 갔던 사람들은 조금 뒤에 돌아오기 시작했다. 그들은 아까보다 좀 신중해 보였다. 아직도 웃고는 있었으나 이따금 그랬을 뿐, 피곤하여 무슨 생각에 잠겨 있는 듯했다. 그들은 맞은편 거리에서 서성거렸다.

동네의 젊은 여자들이 서로 팔짱을 끼고 걸어오고 있었다. 젊은 이들이 그녀들과 지나치며 희롱을 하자, 여자들은 고개를 돌리고 웃었다. 그중 내가 아는 몇몇 여자들은 나에게 손짓을 했다. 그때 갑자기 가로등이 켜지면서 어둠 속에 떠오르는 첫 별들을 희미하게 만들었다.

그처럼 사람들과 빛깔이 바뀌는 거리를 바라보고 있자니 나는 눈이 피곤해짐을 느꼈다. 가로등은 눅진한 아스팔트를 비추고, 전차들은 일정한 간격을 두고, 번쩍거리는 머리카락, 미소를 머금은 얼굴, 또는 손목시계 위에 불빛을 던지는 것이었다.

얼마 후에 전차들의 간격이 점점 멀어지고 밤이 더욱 깊어감에 따라 거리에는 차츰 인기척이 없어졌다. 마침내 다시 쓸쓸해진 길을 고양이가 천천히 건너가고 있었다. 그때서야 나는 저녁을 먹어야겠다고 생각했다. 오랫동안 의자 등받이에 턱을 괴고 있었기 때문에 목이 좀 뻣뻣했다. 나는 빵과 젤리를 사 가지고 와서, 직접 요리를 해 먹었다.

다시 창 앞으로 가서 담배를 한 대 피우려고 했으나 바람이 차가웠다. 창문을 닫고 방 안으로 들어서자, 거울 속으로 알코올 램프와 빵 조각이 놓여 있는 테이블의 한끝이 비치는 것이 보였다. 그때 내게는 일요일이 또 하루 지나갔고, 어머니의 장례식도 이젠 끝났고, 내일은 다시 일을 시작해야겠고, 그러니 결국 달라진 것은 아무것도 없다는 생각이 들었다.

3

나는 오늘 회사에서 많은 일을 했다. 사장은 친절했다. 그는 나에게 너무 피곤하지 않냐고 물었고, 어머니의 연세를 알고 싶어했다. 나는 틀리게 대답하지 않으려고, 한 육십 되었다고 말했다. 왜 그런지 알 수는 없었으나 사장은 한시름 덜었다는 듯한, 그리고 그건 이미 지나간 일이라고 생각하는 듯한 눈치였다.

내 책상 위에는 선하 증권이 산더미처럼 쌓여 있었는데, 일일이 읽어 보지 않으면 안 되었다. 점심을 먹기 위해 사무실을 나오기 전에 나는 손을 씻었다. 정오가 되어 손 씻는 시간을 나는 좋아한다. 저녁때에는 수건이 젖어 있어서 좀 재미가 적다. 하루 종일 수건 하나로 쓰기 때문에 그럴 수밖에 없는 것이다. 어느 날 나는 사장에게 그런 이야기를 한 적이 있었다. 사장의 대답은, 자기도 그것을 유감스럽게 생각하지만 그건 사소한 문제라는 것이다.

나는 조금 늦게 12시 반에 운송과에 근무하는 에마뉘엘과 함께 회사를 나왔다. 회사는 바다를 향하고 있어서 우리는 잠시 햇볕이 뜨겁게 내리쬐는 항구에 정박해 있는 화물선들을 바라보았다. 바로 그때 화물 자동차 한 대가 쇠사슬 소리와 엔진 소리를 요란스럽게 내면서 달려왔다. 에마뉘엘이 나에게 말했다.

"집어탈까?"

우리는 달음박질치기 시작했다. 자동차가 우리를 지나쳐 버리자, 우리는 그 뒤를 따라 달려갔다. 나의 눈에는 아무것도 보이지 않았고, 다만 기중기며 또 다른 기계들, 수평선 위에서 춤추는 돛대, 옆을 지나치는 선체들 가운데서 그저 막 달리는 육체의 진동만을 느낄 뿐이었다.

내가 먼저 발을 붙이고 매달려 가면서 뛰어올랐다. 그러고는 에마뉘엘이 기어올라 앉는 것을 거들어 주었다. 우리는 숨이 차서 헉헉거렸다. 자동차는 부두의 고르지 못한 아스팔트 위로 먼지가 자욱한 햇빛 속을 흔들거리며 달리고 있었다. 에마뉘엘은 허리가 휘어지도록 웃었다.

우리는 땀을 뻘뻘 흘리면서 셀레스트네 레스토랑에 도착했다. 언제나 변함없이 흰 수염을 기르고 있는 셀레스트가 툭 불거진 배에다 앞치마를 두르고 있었다. 그는 나에게 "많이 상심하지는 않았나?" 하고 물었다. 나는 그렇지 않다고 대답하고 배가 고프다고 했다. 나는 얼른 식사를 하고 나서 커피를 마셨다. 그러고는 집으로 돌아와 술을 너무 많이 마셨던 탓으로 언뜻 잠이 들었다. 잠에서 깨어나니 담배를 피우고 싶었다. 그러다가 시간이 늦어서 전차를 타러 뛰어갔다.

오후에 나는 줄곧 일을 했다. 회사 안은 몹시 더웠다. 저녁에 퇴근을 해서 부둣가를 따라 천천히 걸으면서 돌아올 때는 유쾌하기까지 했다. 하늘은 푸르고 마음은 즐거웠다. 나는 삶은 감자 요리를 준비하려고 바로 집으로 돌아왔다.

컴컴한 계단을 올라가다가 나와 같은 층에 사는 살라마노 영감을 만났다. 영감은 그의 개를 데리고 있었다. 8년 전부터 영감과 개는 늘 함께 있었다. 내가 알기에는 그 개는 버짐이라는 피부병을 앓아서 털은 거의 다 빠지고 드러난 피부는 벌겋게 헐어 있었다. 살라마노 영감은 그 개와 함께 단둘이 조그만 방에서 오랫동안 살아온 탓으로 개의 모습을 닮게 되고 말았다. 그의 얼굴에는 불그스름한 딱지가 있고 털도 누렇고 얼기설기했다. 개가 목을 빼고 코끝을 앞으로 내밀면 꼭 주인이 허리를 굽힌 자세와 같았다. 그들은 아무래도 동일한 족속 같은데 서로 미워하는 것이었다.

하루에 두 번씩, 오전 11시와 오후 6시에 영감은 그 개를 데리고 산책을 나간다. 8년 전부터 그들은 한 번도 길을 바꾸어 본 적이 없다. 언제나 리옹 거리에서 그들을 볼 수 있는데, 개가 늙은이를 끌고 가다가는 기어코 살라마노 영감의 발부리가 땅에 부딪혀 버리고 만다. 그러면 영감은 개한테 욕지거리를 하는 것이다. 개는 무서워서 슬슬 기며 끌려간다. 이번에는 영감이 개를 끌고 갈 차례다. 개가 맞은 것을 잊게 되면 다시금 앞서서 주인을 끌고, 그러고는 또 매를 맞고 욕을 먹는다. 그때는 둘이 다 멈춰 서서, 개는 공포에 떨고 주인은 화가 나서 개를 노려본다. 매일 그 모양이다.

개가 오줌을 누고 싶어할 때면 영감은 시간을 주지 않고 끌어당겨, 개는 오줌 방울을 찔끔찔끔 흘리면서 따라간다. 그러고는 개가 방 안에다 오줌을 싸면 또 매를 맞는다. 그러면서 8년이나 된 것이다. 셀레스트는 늘 영감이 가엾다고 하지만 사실은 아무도 영문을 모른다.

내가 계단에서 살라마노 영감을 만났을 때 그는 개에게 욕지거리를 퍼붓고 있었다.

"빌어먹을! 망할 자식!"

영감은 야단을 치고, 개는 끙끙거리고 있었다.

"안녕하십니까?"

내가 인사를 했으나 영감은 그냥 욕지거리를 계속하고 있었다. 그래서 나는 개가 무슨 잘못을 저질렀냐고 물었다. 그는 대답이 없었다. 영감은 다만 욕지거리를 계속할 뿐이었다.

"빌어먹을! 망할 자식!"

그는 개 위로 몸을 굽히고 있었는데 목걸이 속의 무엇인가를 고쳐 주고 있음을 짐작할 수 있었다. 나는 목소리를 높여서 말해 보았다. 그때서야 그는 고개를 돌리지도 않고 북받치는 역정을 억지로 삼켜 버리듯이 대꾸했다.

"아직도 안 가고 있어."

그러고는 개를 잡아끌고 가 버렸다. 개는 네 발 걸음으로 끌려가면서 낑낑대는 것이었다.

바로 그때 나와 같은 층에 사는 또 한 명의 사람이 왔다. 동네에서는 그가 여자들을 뜯어먹고 산다고 한다. 그러나 그에게 직업이 무엇이냐고 물으면 그는 '창고 감독'이라고 대답을 하는 것이다. 대체로 그를 좋아하는 사람은 별로 없다. 그러나 가끔 그는 나에게 말도 걸고, 또 내가 그의 말을 들어주는 탓에 내 방에 잠시 들어오는 일도 있다. 나는 그의 이야기가 재미있다. 그리고 내가 그와 말을 하지 않을 하등의 이유가 없다. 그의 이름은 레이몽 생테스라고 한다. 키가 조금 작은데, 어깨는 바라지고 코는 마치 권투 선수의 코와 같다. 옷차림은 언제나 말쑥하다. 그도 역시 살라마노 영감의 이야기를 했다.

"참 가엾기 짝이 없어요!"

그 꼴을 보면 진저리가 나지 않느냐고 묻기에, 나는 뭐 그렇지도 않다고 대답했다. 우리가 계단을 다 올라와서 막 헤어지려 할 때 그가 내게 말했다.

"우리 집에 소시지와 술이 있는데, 같이 좀 들지 않겠어요?"

그러면 나는 끼니를 준비하지 않아도 된다고 생각하여 그 말에 동의했다.

　그의 집도 역시 방은 하나밖에 없고, 창문 없는 부엌이 달려 있을 뿐이었다. 그의 침대 위에는 불그스름한 석회로 만든 천사 상과 운동 선수들의 사진과 여자의 나체 사진이 두서너 장 걸려 있었다. 방 안은 지저분하고 침대는 어지럽혀져 있었다. 그는 우선 석유 램프를 켠 다음 호주머니에서 몹시 낡은 붕대 하나를 꺼내어 오른손을 싸맸다. 손을 다쳤냐고 물었더니, 어떤 녀석이 시비를 걸어서 그 녀석과 싸움을 했다는 것이었다.

　"그건 말입니다, 뫼르소 선생." 하고 그가 내게 말했다.

　"내가 마음이 약해서가 아니라 성미가 급해서입니다. 그 녀석이 내게 '사나이라면 전차에서 내려라.' 그러더군요. 나는 '괜히 쓸데없는 소리 마라.' 하고 말했지요. 녀석은 나더러 사나이답지 못하다고 비웃었어요. 그래 내가 내려가서 말했지요. '듣기 싫어. 잔소리 마라. 그렇지 않으면 본때를 보여 줄 테니.' 그랬더니 '본때는 무슨 본때?' 하고 녀석이 대꾸를 하더군요. 그래서 한 대 갈겼지요. 그랬더니 나가자빠지기에 일으켜 주려니까, 녀석이 땅에 넘어진 채로 발길질을 하더군요. 그래서 무릎 다짐을 한 번 하고 두어 번 쒜기를 박았지요. 녀석의 얼굴은 피투성이가 됐어요. 내가 녀석에게 '이만큼 혼났으면 됐냐?' 하고 물었더니, 그렇다고 하더군요."

　이런 말을 하면서 생테스는 붕대를 감고 있었다. 나는 침대 위에 앉아 있었다. 그는 다시 말을 이었다.

"그러니까 내가 싸움을 건 게 아니었어요. 그 녀석이 겁 없이 굴다가 그랬던 겁니다."

그것은 사실이었다. 그래서 나는 정말 그렇다고 말했다. 그러자 그는 마침 나에게 그 사건에 관해 충고를 듣고 싶었다면서, 나는 사나이다워서 세상 물정을 잘 알 테니 자기를 도와 줄 수 있을 것이라 말하고, 그렇게 해 준다면 그는 나의 친구가 되겠다고 했다. 나는 아무런 대답도 하지 않았다. 그는 다시 나에게 자기와 친구가 되고 싶으냐고 물었다. 그래서 내가 괜찮다고 말했더니 그는 만족해하는 모습이었다.

그는 소시지를 꺼내 화덕에 굽고 컵, 접시, 순가락과 술 두 병을 가져왔다. 그 모든 동작을 하는 동안 그는 아무 말도 없었다. 우리는 자리를 잡고 앉았다. 그는 먹으면서 이야기를 시작했는데, 처음에는 약간 망설이는 듯한 말투였다.

"어떤 여자를 알게 됐는데…… 이를테면 나의 정부였지요."

그와 싸움을 한 사람은 그 여자의 오빠라는 것이었다. 여자의 생활비를 그가 대 주었다는 말도 했다. 나는 아무런 대답도 하지 않았으나, 그는 곧이어 동네 사람들이 자기에 대해 뭐라고 말하는지 알고 있지만 자기는 양심에 거리낄 것이 조금도 없으며 자기는 창고 감독이라는 것이었다.

"그런데 말입니다." 하고 그가 말했다.

"내가 속고 있었다는 사실을 알게 됐어요."

그는 손수 여자의 방세를 치러 주고, 식사비로 하루에 20프랑씩 주고 있었다.

"방세가 3백 프랑, 식비가 6백 프랑, 이따금 양말도 사 주고 해서 한 천 프랑 들었어요. 그런데 그 여자는 일도 하지 않고 내게 한다는 말이, 그것으로는 겨우 입에 풀칠이나 할 수 있어서 내가 대 주는 것으로는 도저히 생활을 할 수가 없다는 겁니다. 그래서 내가 이렇게 말했지요. '왜 반나절만이라도 일을 하지 않소? 그러면 내 짐도 많이 덜어지겠는데. 이 달에 필요한 것은 모두 사 주었고, 하루에 20프랑씩 용돈도 주고 방세도 치러 주어서 당신은 오후에 친구들과 커피도 마실 수 있지 않소? 당신 친구들에게 커피와 설탕을 대접하는 건 당신이지만, 돈은 내가 내오. 난 당신에게 잘해 주었는데, 당신은 내게 그렇지 못하단 말이야.' 그래도 여자는 일할 생각은 하지 않고 더 이상 생활할 수가 없다고 계속 고집을 부리고 있었어요. 그러던 끝에 내가 속고 있었다는 사실을 알게 된 거지요."

그는 여자의 핸드백 속에서 복권 한 장을 발견했는데, 여자는 그것을 어떻게 샀는지 설명하지 못했다고 했다. 조금 뒤에는 여자의 방에서 전당포 쪽지를 한 장 발견했고, 그걸 보면 팔찌 두 개를 잡힌 것이 분명하다는 것이었다. 그때까지 그는 그 팔찌들이 있는 줄도 모르고 있었다는 것이다.

"내가 속고 있었다는 것을 확실히 알았어요. 그래서 그 여자와 관계를 끊었지요. 그리고 그 여자를 때려 주었어요. 그랬더니 모두 사실대로 이야기를 하더라고요. 그 여자가 바라는 건 그저 즐기는 것뿐이었어요. 아시겠어요, 뫼르소 선생? 나는 그 여자에게 '네가 내게서 받는 행복을 다른 사람들이 부러워하고 있지 않느냐 말이야. 조금 있으면 지난날의 행복을 알게 될 테니, 두고 봐' 하고 말해 줬지요."

그는 여자를 멍이 들도록 때렸다고 했다. 그리고 그전에는 여자를 때리는 짓은 하지 않았다고 말했다.

"손찌검을 하는 일은 없지도 않았지만, 말하자면 다정스럽게 툭툭 건드리는 정도였어요. 그러면 여자는 소리를 지르곤 했지요. 나는 문을 닫아 버리고, 결국은 늘 마찬가지로 끝나곤 했어요. 그렇지만 이번엔 본격적이었어요. 그런데 나로서는 그 여자에게 벌을 좀 더 주어야겠어요."

그러더니 그는 그것 때문에 나의 충고가 필요한 것이라고 설명했다. 그러고는 그을음을 뿜는 램프의 심지를 조절하려고 일어섰다. 나는 줄곧 그의 이야기를 듣고 있었다. 술을 거의 한 병이나 마셨던 탓에 관자놀이가 몹시 달아올랐다. 내 담배가 떨어져서 나는 레이몽의 담배를 피우고 있었다. 마지막 전차가 지나가면서 지금은 아득하게 들리는 교외의 소리를 실어 가고 있었다.

레이몽은 이야기를 계속했다. 난처한 일은, 그가 아직도 그 여자와의 정분에 약간 미련을 가지고 있다는 것이었다. 그렇지만 혼은 내 주어야겠다고 말했다. 우선 그는 여자를 호텔로 데려다 놓고 경찰을 불러다가 스캔들을 일으켜서 여자를 풍기 문란 리스트에 오르게 할 생각이었다.

그 다음에는 자기의 난봉꾼 친구들에게 어떻게 하면 좋겠냐고 물어 봤지만 그들은 그리 신통한 방법을 가르쳐 주지 못했다는 것이다. 사실 레이몽이 내게 말한 것처럼, 난봉꾼이란 위인들이 그런 것 하나 제대로 몰라서야 말이 아니었다. 그들은 여자의 얼굴을 마구 찢어 놓는 게 어떠냐고 했다는 것이다. 그러나 그는 그렇게 하고 싶진 않았다. 좀더 생각을 해 봐야겠다는 것이었다.

그러고는 내게 한 가지 묻고 싶은 것이 있다고 했다. 그런데 그것을 물어 보기 전에, 아까 한 이야기를 내가 어떻게 생각하는지 알고 싶어했다. 나는 별로 생각하는 바도 없지만 어쨌든 재미있는 이야기라고 대답했다. 그가 속고 있었다고 생각하느냐고 묻기에 생각을 해 보니 과연 속고 있었던 것 같다고 말했다. 자기가 혼을 내 주려고 하는데 나 같으면 어떻게 하겠느냐는 물음에, 나는 어떻게 할지는 알 수 없으나 그가 여자를 혼내 주려고 하는 것은 이해할 수 있다고 했다.

나는 또 술을 마셨다. 그는 담배에 불을 붙이고 나서 자기의 생각을 털어놓았다. 그는 '그 여자를 발길로 차 버린다는 뜻의, 그러나 동시에 여자의 육욕을 도발시킬 만한 사연을 섞어서' 편지를 보내겠다는 것이었다. 그러면 그 여자가 돌아오게 될 테고, 그때 여자와 잠자리에 들어 '막 끝나갈 무렵'에 여자의 얼굴에다 침을 뱉어 주고는 밖으로 내쫓아 버린다는 것이었다. 그렇게 하면 정말 그 여자에게는 벌을 주는 것이 될 거라고 나도 생각했다. 그런데 레이몽이 자기는 편지를 적절하게 잘 쓸 수가 없어서 내게 편지 쓰는 일을 부탁할까 하고 생각한 것이라고 했다. 내가 아무 대답도 하지 않자, 그는 즉시 그렇게 해 주는 것이 귀찮냐고 물었다. 나는 그렇지는 않다고 대답했다.

그러자 그는 술을 한 잔 마시고 일어서서 접시와 먹다 남은 소시지를 옆으로 밀어 놓았다. 그러더니 테이블을 정성스럽게 닦았다. 그러고는 서랍에서 원고지 한 장과 노란 봉투, 그리고 묽은 나무 철필과 보랏빛 잉크가 든 네모진 병을 꺼냈다. 여자의 이름을 들어 보니, 무어인 출신이었다.

나는 편지를 썼다. 되는대로 쓰기는 했지만, 그래도 그의 마음에 들도록 힘썼다. 그의 마음에 들지 않게 할 아무런 이유도 없었기 때문이다. 그러고는 큰 소리로 그것을 읽었다. 레이몽은 담배를 피우며 머리를 끄덕이면서 듣고 있더니, 다시 한 번 읽어 달라고 했다. 그는 매우 흡족해하며 말했다.

"자네가 세상 물정에 밝다는 것을 알고 있었어."

처음엔 그가 내게 자네라고 말한 것을 무심히 들었으나, 그가 "자넨 이제 내 친구야." 하고 말했을 때에야 나는 비로소 그 말에 당황했다. 그는 거듭 그렇게 말했고, 나는 "그야 그렇지." 하고 대답했다. 나로서는 그의 친구라고 해도 무방한 일이었고, 그는 정말로 나와 친구가 되고 싶은 모양이었다. 그가 편지를 봉하고 나서 우리는 남은 술을 마저 마셨다. 그러고는 잠시 서로 아무 말 없이 담배를 피웠다. 밖은 쥐 죽은 듯이 고요했으며, 조용히 지나가는 자동차 소리까지 들렸다.

"너무 늦었군." 하고 내가 말했다.

그는 시간이 빨리 지나가 버렸다고 했는데 어떤 의미로는 그렇다고도 할 수 있었다. 나는 졸음이 왔지만 일어서기가 거북했다. 내가 피곤해 보였던지 그는 내게 너무 상심하지 말라고 했다. 나는 처음엔 그게 무슨 말인지 알아차리지 못했다. 그는 내게 어머니가 돌아가신 것을 알고 있었다고 말하고, 그러나 그것은 어차피 한 번은 당해야 할 일이라고 말했다. 내 생각도 마찬가지였다.

나는 일어섰다. 레이몽은 내 손을 굳게 움켜잡고는, 사나이끼리는 언제나 이해할 수 있는 것이라고 말했다. 그의 방을 나선 뒤 나는 문을 닫고 어둠 속의 층계참에 잠시 서 있었다. 집 안은 고요했고 계단 밑에서는 습한 냄새가 올라왔다. 귀밑의 맥박 뛰는 소리밖에는 아무 소리도 들리지 않았다. 나는 그냥 우두커니 서 있었다. 살라마노 영감 방에서 개가 나직이 낑낑대는 소리가 들려왔다.

4

한 주일 동안 나는 많은 일을 했다. 레이몽이 찾아와 그 편지를 보냈다고 말했다. 에마뉘엘과는 함께 영화 구경을 두 번 갔는데, 그는 스크린 위에서 무슨 일이 일어나고 있는지 이해하지 못하는 때가 가끔 있었다. 그러면 설명을 해 주어야 하는 것이다.

어제는 토요일이라 약속대로 마리가 찾아왔다. 나는 몹시 성욕을 느꼈다. 마리가 붉은색과 흰색 무늬의 화사한 옷을 입고 가죽 샌들을 신고 있었기 때문이다. 탄력 있어 보이는 젖가슴이 완연히 드러나 보이고 햇살에 그을린 피부가 얼굴을 꽃처럼 아름답게 만들었다. 우리는 곧 버스를 타고 알제에서 수 킬로미터나 떨어진 바닷가로 나갔다. 양 옆에는 바위가 솟아 있고 기슭에는 갈대가 우거진 곳이었다. 4시의 태양은 그다지 뜨겁지는 않았지만 물은 따뜻했고

게으른 듯한 물결이 길게 퍼져 나직이 넘실거리고 있었다.

마리가 놀이를 하나 가르쳐 주었다. 헤엄을 치면서 물결 등성이에서 물을 들이마시고 입 속에 거품을 가득 채운 다음, 반듯이 누워 하늘을 향해 그것을 내뿜는 것이다. 그러면 물거품 레이스가 되어서 공중으로 사라지기도 하고, 미지근한 보슬비처럼 얼굴 위로 떨어지기도 하는 것이었다. 그리고 잠시 후에는 입 안이 짜서 얼얼했다. 물속에서 마리가 다가와 내게 안겼다. 마리는 자기의 입술을 내 입술에 갖다 댔다. 그녀의 혀끝이 내 입술에 산뜻하게 닿았다. 잠시 동안 우리는 물결 속에서 뒹굴었다.

바닷가로 나와서 옷을 갈아입을 때, 마리는 빛나는 눈길로 나를 바라보았다. 나는 그녀에게 키스를 해 주었다. 그때부터 우리는 아무 말도 하지 않았다. 나는 그녀를 꼭 껴안았다. 그러고는 급히 버스를 잡아타고 돌아왔다. 우리는 방 안으로 들어서자 곧바로 침대 속으로 뛰어들었다. 나는 창문을 열어 두었다. 여름 밤이 우리의 검게 그을린 육체 위로 흘러 들어오는 것을 느낄 수 있어 참으로 유쾌했다.

오늘 아침에는 마리와 같이 있게 되어서 나는 점심을 함께 먹자고 말해 놓고, 고기를 사러 내려갔다. 돌아오는데 레이몽의 방에서 여자 목소리가 들려왔다. 조금 뒤에는 살라마노 영감이 개를 꾸짖는 소리가 들렸다. 나무 계단 위에서 구두창 소리와 개 발톱 소리가 나더니, "빌어먹을, 망할 자식!" 하는 소리가 들려오는 것이었다.

그러고는 그들은 길가로 나가 버렸다.

마리에게 살라마노 영감의 이야기를 해 주었더니 그녀가 웃었다. 마리는 내 파자마를 입고 소매를 걷어올리고 있었다. 그녀가 웃을 때 나는 또 성욕을 느꼈다. 얼마 후에 마리는 내게 자기를 사랑하느냐고 물었다. 그런 것은 쓸데없는 말이지만, 사랑하고 있는 것 같지는 않다고 나는 대답했다. 마리는 슬픈 빛을 보였다. 그러나 점심을 준비하면서 아무 이유도 없이 허리가 끊어지게 웃기에 나는 또 키스를 해 주었다. 바로 그때 레이몽의 방에서 말다툼하는 소리가 터져 나온 것이다. 먼저 여자의 날카로운 목소리가 들리더니 곧바로 레이몽이 소리쳤다.

"이년이 나를 곯려 먹으려고 하다니, 나를 곯려 먹어? 곯려 먹으려는 맛이 어떤가 보여 주지."

툭탁거리며 무슨 소리가 나고 곧 여자가 비명을 질렀는데 그 소리가 너무나 비참해서 층계참에 많은 사람들이 모여들었다. 마리와 나도 복도로 나갔다. 여자는 마냥 소리를 지르고 레이몽은 마구 때리는 것이었다. 마리는 사태가 험악하다고 말했으나 나는 아무 대답도 하지 않았다. 그녀는 내게 경찰을 불러오라고 했지만 나는 경찰이 싫다고 말했다. 그때 3층에 사는 납땜장이와 함께 경찰 한 명이 왔다. 경찰이 문을 두드렸으나 아무 대답도 없었다. 더 크게 두드리고 난 조금 후에 여자의 울음소리가 들리고 레이몽이 문을 열었다. 그는 입에 담배를 문 채 유순한 태도를 보였다. 여자가 문으로 달려나와 경찰에게 레이몽이 자기를 때렸다고 말했다.

"이름이 뭐요?" 하고 경찰이 물었다.

레이몽이 대답하자, "말을 할 땐 담배를 입에서 좀 떼시오." 하고 경찰이 말했다. 레이몽은 망설이며 나를 쳐다보더니 담배를 그대로 입에 물고 있었다. 그러자 경찰은 레이몽의 얼굴에 두꺼운 손바닥으로 힘껏 따귀를 올려붙였다. 레이몽은 안색이 변했으나 아무 말도 하지 않았다. 그러더니 공손한 목소리로 꽁초를 주워도 좋으냐고 물었다. 경찰은 그러라고 하면서 덧붙여 말했다.

"다음부터는 경찰이 웃음거리가 아니라는 걸 명심하도록 해."

그동안 여자는 줄곧 울면서 몇 번이나 말했다.

"날 때렸어요. 기둥서방 노릇이나 하는 망나니예요."

"경찰 나리." 하고 이번에는 레이몽이 말했다.

"남자한테 망나니라고 말해도 좋다는 게 법률에 있습니까?"

경찰은 "잔소리 마!" 하고 호통을 쳤다. 그러나 레이몽은 여자에게 고개를 돌리고는 "가만있어, 이년아! 다시 안 만날 줄 알아?" 하고 말했다.

경찰은 레이몽에게 잔소리를 그치라고 한 다음, 여자는 돌아가고 레이몽은 방에 들어가 경찰의 소환을 기다리라고 했다. 그는 덧붙여서 레이몽에게, 그렇게 몸이 떨리도록 술을 마셨으면 부끄럽게 생각해야 한다고 말했다. 그 말을 듣자 레이몽이 말을 늘어놓기 시작했다.

"나리, 나는 취하지 않았소이다. 그저 나리 앞에 서 있으니 떨릴 뿐이지요. 별도리가 있습니까?"

그가 문을 닫아 버리자 구경꾼들도 모두 가 버렸다. 마리와 나는 점심 준비를 끝마쳤으나 마리가 먹고 싶은 생각이 없다기에 나 혼자 거의 다 먹었다. 마리는 1시에 돌아가고 나는 잠을 조금 잤다.

3시쯤 문을 두드리는 소리가 나더니 레이몽이 들어왔다. 나는 누워 있었다. 레이몽은 내 침대 가에 와서 앉았다. 그는 잠시 말이 없었다. 나는 어찌 된 일인지 물었다. 그는, 계획대로 했는데 계집이 먼저 따귀를 때리기에 자기가 때려 준 것이라고 했다. 그 뒤의 일은 내가 목격한 그대로였다.

나는 그에게 계집을 혼내 주어 이제 만족하냐고 물었더니 그렇다고 했다. 그리고 그는 아무리 경찰이 와서 뭐라고 해도 계집이 당한 꼴에는 변함이 없다고 했다. 덧붙여서 자기는 경찰들의 심리를 알아 그들을 대할 때는 어떻게 해야 하는지 알고 있다고 했다. 그러고는 경찰이 따귀를 올려붙였을 때 자기가 응수할 것을 기대했었냐고 내게 물었다. 나는 아무 기대도 하지 않았다고 대답하고, 도대체 경찰이란 것을 나는 싫어한다고 말했다. 레이몽은 매우 만족해하는 눈치였다.

그가 함께 나가지 않겠느냐고 하기에 나는 일어서서 머리를 빗기 시작했다. 그때 그는 내가 그의 증인이 되어 주어야 한다고 말했다. 나는 아무래도 좋았으나 무슨 말을 해야 좋을지 몰랐다. 레이몽은, 계집이 그에게 버릇없이 굴었다고 말하기만 하면 된다는 것이었다. 나는 그의 증인이 되는 것을 승낙했다.

우리는 밖으로 나갔다. 레이몽이 브랜디를 권해 마셨다. 그러고는 그가 하자는 대로 당구를 쳤는데 내가 막판에 아슬아슬하게 지고 말았다. 그 다음에는 색시 집에 가자고 했지만 나는 그런 것을 좋아하지 않기 때문에 싫다고 했다. 그래서 우리는 천천히 집으로 돌아왔는데, 레이몽은 계집에게 벌을 준 것이 정말 만족스럽다는 말을 했다. 그는 내게 매우 다정스럽게 대해 주는 것 같았고, 그렇게 지내는 시간이 그리 나쁘지 않았다.

멀리서 보니, 살라마노 영감이 흥분한 듯한 모습으로 문간에 서 있었다. 그의 곁에 다가가 보니 그는 개를 데리고 있지 않았다. 그는 이리저리 사방을 둘러보면서 두서없이 중얼거렸고, 컴컴한 복도를 들여다보기도 했다. 그러다 다시 충혈된 눈을 두리번거리며 길가를 훑어보는 것이었다. 레이몽이 무슨 일이 있었냐고 물어도 대답을 하지 않았다. "빌어먹을, 망할 자식!" 하고 씩씩거리는 소리가 어렴풋이 들렸다. 개는 어디에 있느냐고 내가 물으니까, 도망가 버렸다고 불쑥 대답을 했다. 그러더니 갑자기 수다스럽게 이야기를 시작했다.

"오늘도 연병장에 데리고 갔었죠. 노점들 근처에는 사람들이 많이 있었어요. '탈주왕(說走王)'이란 간판이 붙은 것을 보려고 잠시 멈춰 섰다 가려니까, 그놈이 없어졌지 뭡니까. 작은 목걸이를 사 주려고 생각은 하고 있었지만, 그 빌어먹을 녀석이 그렇게 도망쳐 버리리라고는 꿈에도 생각하지 않았어요."

레이몽은 아마 개가 길을 잃어 버렸는지도 모르니 곧 돌아올지 모른다고 말하고, 주인을 찾아오기 위해서 수십 킬로미터나 걸어온 개가 있었다는 예까지 들어 가며 설명을 해 주었지만 영감의 흥분은 쉽게 가라앉지 않았다.

"잡혀 버리고 말 거예요. 누가 그걸 갖다 길러라도 준다면 또 몰라도, 그런 일은 없을걸. 그렇게 상처투성이니 누가 좋아하겠어요? 경찰에게 잡히고 말 겁니다. 틀림없어요."

나는 그에게 경찰서의 개 우리에 한번 가 보는 게 좋겠다는 것과, 세금을 얼마 내면 개를 찾을 수 있다는 것을 말해 주었다. 영감은 세금의 액수가 많냐고 물었으나 나는 모른다고 했다. 갑자기 영감이 성을 내며 욕설을 퍼부었다.

"그 빌어먹을 녀석 때문에 돈을 내야 하다니, 아, 그냥 죽어 버리라지!"

레이몽은 웃으며 집으로 향했다. 나도 그의 뒤를 따랐고, 우리는 2층 층계에서 헤어졌다. 조금 뒤에 영감의 발자국 소리가 들리더니, 그가 내 방문을 두드렸다. 문을 열어 주자, 그는 잠시 문간에 서 있다가 말했다.

"용서하시오, 용서하시오."

나는 안으로 들어오라고 권했으나 그는 들어오려 하지 않고 구두 끝만 내려다보고 있었다. 그의 흠집투성이 손이 떨리고 있었다. 고개를 숙인 채 그가 내게 물었다.

"개를 빼앗진 않겠지요, 뫼르소 선생? 돌려줄 테지요? 안 그러면 난 어떻게 되겠어요?"

개 우리에는 주인이 찾아갈 수 있도록 사흘 동안 개를 매어 두는데, 사흘이 지나면 처분해 버린다고 내가 말했다. 그는 아무 말 없이 나를 쳐다보더니 "안녕히 계시오." 하고 돌아섰다.

문 닫는 소리가 나더니 영감이 자기 방 안에서 왔다갔다하는 소리가 들렸다. 그의 침대가 삐걱거렸다. 그리고는 담벼락을 거쳐서 조그맣게 들려오는 괴상한 소리에 나는 그가 울고 있음을 알았다. 나는 왜 그때 어머니 생각을 했는지 모른다.

이튿날 아침 나는 일찌감치 일어나지 않으면 안 되었다. 배가 별로 고프지 않아 저녁을 먹지 않고 자 버렸던 것이다.

5

레이몽에게서 회사로 전화가 왔다. 그의 친구 한 사람이(그 친구
에게 내 이야기를 했다는 것이다.) 알제 근처의 조그만 별장에서 일
요일 날 함께 지내자고 나를 초대했다는 것이었다. 나는 그러고 싶
지만 여자 친구와 약속이 있다고 했다. 그러자 곧 레이몽은 그 여
자 친구와 함께 오라고 했다. 그 친구의 부인이 여자라고는 자기
혼자뿐이기 때문에 매우 좋아할 것이라고 했다.

외부에서 직원에게 전화가 걸려오는 것을 사장이 좋아하지 않았
기 때문에 나는 곧 수화기를 내려놓으려고 했다. 그런데 레이몽이
조금 기다리라고 하더니, 이 초대에 관한 이야기는 저녁에라도 전
할 수 있지만, 그보다도 다른 이야기를 하나 해 주고 싶다고 했다.
그는 지난달 자기 정부였던 여자의 오빠도 한몫 낀 한패의 아랍인

들이 오늘 하루 종일 자기 뒤를 밟았다는 것이었다. 그러면서 이렇게 말했다.

"오늘 저녁 퇴근하는 길에 집 근처에서 그놈들을 보면 내게 좀 알려 주게."

나는 그렇게 하겠다고 대답했다.

조금 후에 사장이 나를 불렀다. 나는 전화를 좀 삼가고 일을 좀 더 열심히 하라는 말이려니 생각했다. 동시에 불쾌한 생각이 들었다. 그런데 사장이 전혀 뜻밖의 이야기를 했다. 아직은 막연하지만 어떤 계획에 대해서 나와 이야기를 하고 싶다는 것이었다. 그는 다만 그 문제에 관해 내 의견을 들을 생각이었다. 파리에다 출장소를 설치하고 현지에서 직접 큰 회사들과 거래를 하려고 하는데, 거기에 갈 생각이 없느냐고 나의 의향을 타진하는 것이었다. 그러면 파리에서 생활할 수 있을 것이고, 일년에 얼마 동안은 여행도 할 수 있다는 것이었다.

"자넨 젊으니까 그런 생활이 마음에 들걸세."

나는 그렇기는 하지만, 결국 이러나저러나 내게는 마찬가지라고 했다. 사장이 내게 생활의 변화에 흥미를 느끼지 않느냐고 묻기에, 사람이란 결코 생활을 바꿀 수는 없는 노릇이며 어쨌든 어떤 생활이든지 다 그게 그거고, 또 나는 이곳에서의 생활이 조금도 불편하지 않다고 대답했다. 그는 좋아하지 않는 눈치를 보이며 하는 말이, 내가 말하는 것은 언제나 안전이고 내게는 야심이 없어서 사업에 큰 지장이 된다는 것이었다. 나는 사장의 비위를 거스르고 싶지는 않지만 내 생활을 바꿔야 할 하등의 이유가 없었다.

나는 일을 하려고 자리로 돌아왔다. 그리고 곰곰 생각해 봐도 나는 불행하지 않았다. 학생 때에는 나도 그런 종류의 야심을 많이 품었었지만, 학업을 포기하지 않을 수 없었을 때 그러한 것이 실제로는 아무런 가치도 없다는 것을 곧 깨달았던 것이다.

저녁에 마리가 찾아와서 자기와 결혼할 마음이 있느냐고 물었다. 나는 그건 아무래도 좋지만 그녀가 원한다면 결혼하겠다고 말했다. 그러니까 그녀는 내가 자기를 사랑하는지 어떤지 알고 싶어했다. 나는 이미 한 번 말했던 것처럼, 그건 아무 뜻도 없는 말이지만 아마 사랑하지는 않는 것 같다고 대답했다.

"그런데 왜 나랑 결혼하려고 하지요?" 하고 마리가 물었다. 나는 그런 건 아무래도 좋지만 그녀가 정 원한다면 결혼해도 좋다는 말이라고 설명을 했다. 그리고 결혼을 요구한 것은 그녀이고 나는 승낙을 했을 뿐이다. 마리는 결혼이란 건 중대한 일이라고 나무라는 투로 말했다. 나는 그렇지 않다고 대답했다. 그녀는 잠시 말없이 나를 쳐다보더니 말을 이었다. 자기와 같은 관계로 맺어진 다른 여자로부터 청혼이 있었어도 승낙을 했을 것인가, 그녀는 다만 그것만을 알고 싶어했다. 나는 "물론."이라고 대답했다. 그러자 마리는 자신이 나를 사랑하는지 어떤지를 생각해 보는 듯했으나, 나는 그 점에 관해서는 아무것도 알고 싶지 않았다.

얼마간 침묵이 흐른 뒤 그녀가 말하기를, 나는 이상한 사람이어서 아마 그 때문에 자기가 나를 사랑하는 것일 테지만 바로 그 이유로 내가 싫어질 때가 올지도 모른다고 했다. 더 할말이 없어 가만히 있으니까, 마리는 웃으면서 내 팔을 붙잡고 나와 결혼하고 싶다고 말했다. 나는 언제든지 그녀가 원하면 결혼을 하겠다고 대답했다. 그리고 사장의 제안에 대해 이야기해 주니까 마리는 파리에 가고 싶다고 했다. 나는 파리에서 잠시 살아 본 적이 있다고 말했더니 어떠냐고 물었다.

"지저분한 비둘기들이 보이고, 안뜰은 어둡고, 사람들은 모두 피부가 하얗지."

그러고 나서 우리는 큰길을 택해 거리를 걸었다. 여자들이 아름다웠다. 나는 마리에게 그렇게 생각하지 않느냐고 물었다. 마리는 그렇다고 대답하고 나의 기분을 이해할 수 있다고 말했다. 얼마 동안 우리는 아무 말이 없었다. 그래도 나는 그녀가 나와 함께 있어 주었으면 해서, 셀레스트네 레스토랑에서 저녁을 함께 먹지 않겠냐고 물었다. 마리는 그러고 싶지만 볼일이 있다는 것이었다. 나는 잘 가라는 인사를 했다. 그녀가 나를 쳐다보면서 말했다.

"내가 무슨 볼일이 있는지 알고 싶지 않아요?"

그것을 알고 싶지 않은 것은 아니지만 그 생각을 미처 못했을 뿐이었는데, 마리는 그것이 서운한 눈치였다. 그녀는 나의 어색한 표정을 보고 다시 웃더니 불쑥 앞으로 다가오며 입술을 나에게로 내밀었다.

나는 저녁을 먹으러 셀레스트네 레스토랑으로 들어갔다. 음식을 막 먹기 시작하려는데 키가 작은 이상한 여자가 들어와서는 내 테이블에 같이 앉아도 좋으냐고 물었다. 나는 물론 앉아도 좋다고 말했다. 그녀는 몸짓이 앙증맞고 능금 같은 얼굴에 눈이 빛나고 있었다. 재킷을 벗은 뒤 흥분에 들뜬 듯이 메뉴를 살펴보더니, 셀레스트를 불러 곧 명확하고 빠른 목소리로 먹을 요리를 전부 주문했다.

그녀는 전채 요리를 기다리면서 핸드백을 열어 네모진 종이와 연필을 꺼내어 미리 계산을 해 보고는 팁까지 덧붙여 정확한 금액을 테이블 위에 올려놓았다. 전채 요리가 나오자 그녀는 서둘러서 먹었다. 다음 요리를 기다리며 또 핸드백에서 푸른색 연필과 일주일 동안의 라디오 프로그램이 실려 있는 잡지를 꺼내서 정성스럽게 하나씩 하나씩 거의 모든 방송 프로그램에 표시를 했다. 잡지는 12쪽 정도 되었는데, 그녀는 식사를 하면서 끝까지 세밀하게 그 일을 계속했다. 내가 식사를 끝마쳤을 때도 여전히 열심히 표시를 하고 있었다. 그러더니 일어나서는 그 꼭두각시 같은 몸짓으로 재킷을 입고 나가 버렸다.

나는 별로 할 일이 없었으므로 밖으로 나가서 잠시 여자의 뒤를 따랐다. 그녀는 인도 가장자리를 따라 믿을 수 없을 정도로 엄청난 속도와 정확한 걸음으로 옆도 돌아보지 않고 똑바로 제 갈 길만 가고 있었다. 마침내 나는 여자를 시야에서 놓쳐 버려 가던 길을 되돌아왔다. 이상한 여자라는 생각이 들었지만 얼마 후 곧 잊어버리고 말았다.

내 방문 앞에 살라마노 영감이 서 있는 것을 보고 방 안으로 들어오게 했다. 영감은 경찰서에 가 봤는데도 없으니 결국 잃어버리고 만 것이라고 했다. 개 우리의 사무원들은 아마 차에 치어 죽었을 거라고 말하더라는 것이었다. 경찰서 측에 그런 것을 모르느냐고 물었더니, 매일 있는 일이라 아무 흔적도 남지 않는다고 대답하더라는 것이었다. 나는 살라마노 영감에게 다른 개를 기르면 되지 않느냐고 말했지만, 영감은 그 개와 오래 살아서 정이 들었다고 했다. 그건 그럴 법한 일이었다.

나는 침대 위에 웅크리고 있고 살라마노 영감은 테이블 앞의 의자에 앉아 있었다. 영감은 나와 얼굴을 마주하고 두 손은 무릎 위에 얹어 놓고 있었다. 낡은 펠트 모자를 쓴 채였다. 그는 누런 수염 밑으로 한마디 한마디를 씹어 삼키듯이 중얼거렸다. 그와 마주 앉아 있기가 좀 거북했으나, 그렇다고 별로 할 일도 없었고 졸음도 오지 않았다. 그래서 무엇이든지 이야기를 하려고 나는 그 개에 관한 이야기를 물어 보았다.

개를 기르게 된 것은 그의 아내가 죽은 뒤부터라고 영감이 말했다. 그는 꽤 늦게 결혼했다. 젊었을 때에는 연극을 하고 싶어했다. 군대에 있을 때에는 군인극 '보드빌'에 출연하기도 했다. 그러나 결국 철도국에 근무하게 되었는데 그것을 후회하지는 않았다. 왜냐하면 적으나마 봉급을 탈 수 있었기 때문이었다. 아내와 그리 행복하지는 않았지만 대체적으로 미운 정 고운 정이 들었던 편이었다. 그런 아내가 세상을 버렸을 때 그는 외로움을 느꼈다. 그래서 작업장 동료에게 개 한 마리를 부탁하여 아주 어린놈으로 얻어 왔던 것이다. 처음에는 우유를 먹여 길러야 했다. 그러나 개는 사람보다 수명이 짧기 때문에 그들은 함께 늙고 말았다.

"그놈은 성미가 나빠서 가끔 입에다 부리망을 씌우곤 했지요."
하고 영감이 말했다.

"그렇지만 좋은 개였어요."

내가 혈통이 좋은 개였다고 말했더니 영감은 만족해하는 눈치로 말을 덧붙였다.

"병에 걸리기 전에 그 개를 본 적이 없으시죠? 털이 정말 아름다웠어요."

개가 피부병에 걸린 다음부터 매일 아침저녁으로 살라마노 영감은 포마드를 발라 주었다. 그의 말로는, 사실은 노쇠한 것이 탈인데 노쇠해 생긴 병은 고칠 도리가 없다는 것이었다. 그때 내가 하품을 하자 영감이 가겠다고 말했다. 나는 좀더 있어도 괜찮다고 했다. 그러고는 개가 그렇게 된 것을 딱하게 생각한다고 했더니 그는 나에게 감사하다는 말을 했다. 그리고 나의 어머니가 그 개를 귀여워했다고 말했다. 어머니의 이야기를 하면서 그는 '가엾은 자당님'이라고 말했다. 어머니가 세상을 떠난 이후로 내가 매우 적적할 것이라고 그가 말했지만, 나는 아무런 대답도 하지 않았다.

그는 빠른 어조로 어색한 표정을 지으며, 동네에서는 어머니를 양로원에 보냈다고 나를 나쁘게 생각한다는 것을 알고 있지만, 그는 내가 어떤 사람인지 잘 알고 내가 어머니를 무척 사랑했다는 것도 알고 있다고 했다. 왜 그랬는지 아직도 모르겠지만 나는 그 때문에 내가 악평을 받고 있다는 것을 모르고 있었다. 내게는 어머니를 돌볼 만한 돈이 없었으니 어머니를 양로원에 보내 드린 것은 마땅한 처사로 생각한다고 내가 말했다. "그리고 오래전부터 어머님은 내게 하실 말씀도 없어서 외롭고 적적해하시던걸요." 하고 덧붙이자 그가 말했다.

"그럼요, 양로원에서는 친구라도 생기지요."

그러고 나서 그는 자리에서 일어섰다. 가서 자려는 것이었다. 이제 그의 생활이 바뀌게 될 텐데, 그는 앞으로 어떻게 해야 좋을지 몰라했다. 그와 알게 된 이후 처음으로 그가 슬그머니 내게로 손을 내밀었다. 내 손에 그의 피부의 감촉이 느껴졌다. 그는 약간 웃어 보인 뒤 방을 나서면서 말했다.

"오늘밤은 제발 개들이 짖지 않았으면 좋으련만. 우리 집 개가 아닌가 하는 생각이 늘 들어요."

6

일요일은 좀체 잠이 깨지 않아 마리가 와서 내 이름을 부르고 흔들지 않으면 안 되었다. 우리는 일찍부터 해수욕을 하고 싶어서 아침도 먹지 않았다. 나는 갑자기 피로해지고 머리도 조금 아팠다. 담배를 피워도 맛이 썼다. 마리는 나더러, '초상집에 갔다온 사람 같은 얼굴'을 하고 있다며 놀렸다. 마리는 흰옷을 입고 머리를 풀어놓았다. 예쁘다고 말하니까 기뻐서 웃었다.

내려오는 길에 우리는 레이몽의 방문을 두드렸다. 그는 곧 내려온다고 대답했다. 길가로 나오자 피로했던 데다 덧문을 열어 놓지 않아 이미 퍼질 대로 퍼진 햇빛 때문에 나는 마치 따귀라도 얻어맞은 것 같았다. 마리는 기뻐서 깡충거리며 날씨가 좋다고 몇 번이고 되풀이하여 말했다.

나는 기분이 좀 나아지자 그제야 배가 고프다는 것을 깨달았다. 그런 이야기를 마리에게 했더니, 그녀는 우리 두 사람의 수영복과 수건만 들어 있는 헝겊 가방을 열어 보였다. 우리는 기다리는 수밖에 없었다.

이윽고 레이몽이 그의 방문을 닫는 소리가 들렸다. 그는 푸른 바지와 소매가 짧은 흰 셔츠를 입고 있었다. 거기다 밀짚모자를 쓰고 있어서 마리는 우습다고 야단이었다. 그리고 그의 팔목은 하얀데 검은 털로 덮여 있었다. 나는 그것이 좀 흉하게 보였다. 휘파람을 불면서 내려온 그는 자못 만족한 눈치였다. 레이몽은 나에게 "여보게, 안녕하신가?" 하고 인사한 다음, 마리를 '마드무아젤'이라고 불렀다.

그 전날 나는 그와 함께 경찰서에 가서 그 여자가 레이몽에게 버릇없이 굴었다고 증언을 했다. 레이몽은 견책을 받고 큰 벌은 모면했다. 나의 진술을 트집 잡는 사람은 없었다.

문 앞에서 레이몽과 상의를 한 뒤 우리는 버스를 타기로 결정했다. 바닷가는 그다지 멀지 않았지만 버스를 타면 더 빨리 갈 수 있었기 때문이다. 레이몽은 그의 친구도 우리가 일찍 오는 것을 기뻐할 것이라고 했다.

우리가 막 길을 떠나려던 참이었는데 갑자기 레이몽이 맞은편을 보라는 시늉을 했다. 한패의 아랍인들이 담배 가게 앞에 기대어 서 있는 것이었다. 묵묵히 우리를 바라보고 있었는데, 마치 우리가 돌이나 죽은 나무인 듯한 아무것도 아니라는 표정이었다.

레이몽은 왼쪽에서 두 번째 녀석이 그놈이라고 말했는데 걱정스러운 눈치였다. 그렇지만 그건 이제 끝난 일이라고 그는 덧붙였다. 마리는 잘 알아들을 수 없어서 무슨 일이 있었냐고 물었다. 아랍인들이 레이몽에게 원한을 품고 있다고 내가 대답했다. 마리는 곧 출발하기를 원했다. 몸을 흔들며 서둘러야겠다고 말하고는 곧 웃어버렸다.

우리는 조금 떨어진 정거장으로 갔다. 아랍인들이 따라오지 않는다고 레이몽이 내게 알려 주었다. 나는 뒤를 돌아보았다. 그들은 그자리에 그대로 서서 우리가 떠나온 곳을 여전히 무관심한 태도로 바라보고 있었다.

우리는 버스에 올랐다. 레이몽은 매우 안심한 빛으로 마리에게 줄곧 농담을 하고 있었다. 마리가 마음에 든 눈치였는데, 마리는 거의 아무 대답도 하지 않고 이따금 웃으면서 레이몽을 쳐다볼 뿐이었다. 우리는 알제 교외에서 내렸다.

바닷가는 정류장에서 멀지 않았다. 그런데 바다를 굽어보며 내리뻗은 조그만 언덕을 지나가지 않으면 안 되었다. 언덕은 푸른 하늘을 바탕으로 노란 돌과 하얀 국화로 뒤덮여 있었다. 마리는 헝겊 가방을 휘둘러 꽃잎을 떨어뜨리는 장난을 했다.

우리는 푸른색과 흰색 울타리가 둘러쳐진 작은 별장들이 늘어서 있는 길을 걸어갔다. 어떤 별장들은 베란다까지 타마리스크 나무 속에 파묻혀 있고, 또 어떤 별장들은 돌들 가운데 덩그러니 서 있었다. 언덕 끝에 이르기도 전에 벌써 움직이지 않는 바다가 눈앞에 나타나고, 멀리 맑은 물 속에 조는 듯 육중한 육지가 갑(岬)이 되어 내뻗고 있는 것이 보였다.

가벼운 모터보트 소리가 고요한 대기를 거쳐 우리에게로 들려왔다. 저 멀리서는 조그만 어선 한 척이 반짝이는 바다 한가운데로 움직이듯 정지하듯 가고 있었다. 마리는 창포(菖蒲)를 몇 떨기 꺾었다. 바다로 내려가는 언덕길에서 바라보니, 벌써 바닷가에는 해수욕을 하는 사람이 여러 명 있었다.

레이몽의 친구는 해변 기슭에 나무로 지은 조그만 별장에 살고 있었다. 그의 집은 바위를 등지고 있었는데, 앞쪽 밑을 받치고 있는 기둥들은 물속에 잠겨 있었다. 레이몽이 우리를 소개했다. 마송이라는 이름을 가진 그 친구는 어깨가 육중하고 키가 큼직한 사람으로, 동그랗고 예쁘장하게 생긴 파리 말씨를 쓰는 자그마한 여자와 함께 있었다.

그는 곧 우리에게 거리낌없이 터놓고 사귈 것을 권하고, 바로 그날 아침에 잡아 온 생선 요리가 있다고 말했다. 내가 집이 어쩌면 그렇게 아담하냐고 했더니, 그는 토요일과 일요일 그리고 휴일마다 이 별장에 와서 지낸다고 했다. "제 아내하고도 누구든 사이좋게 지낼 수 있습니다." 하고 그가 덧붙였다. 과연 그의 아내는 마리와 마주 보며 웃고 있었다. 아마 그때 처음으로 내가 진심으로 마리와 결혼할 것을 생각했던 것 같다.

　마송이 수영을 하러 가자고 했으나 그의 아내와 레이몽은 가고 싶어하지 않았다. 그래서 셋이서 바닷가로 내려갔는데, 마리는 곧 물속으로 뛰어들었다. 마송과 나는 잠시 동안 기다렸다. 그는 천천히 말을 했는데 말끝마다 '그뿐만 아니라'라는 말을 덧붙이는 버릇이 있었다. 이야기 중에 그런 말을 덧붙일 필요가 없을 때에도 그 말을 덧붙여 말하는 것이었다. 마리에 관해서는 이렇게 말했다.

　"아주 그만입니다. 그뿐만 아니라 매력도 있고요."

　이윽고 나는 햇볕이 기분 좋게 전신으로 스며드는 것을 느끼며 그것에 정신이 팔려서 그의 버릇 따위에는 관심을 기울이지 않게 되었다. 발 밑에서는 모래가 뜨거워지기 시작했다. 나는 물속으로 들어가고 싶은 욕망을 잠시 참았다가 마송에게 "들어가 볼까요?" 하고 말한 다음 뛰어들었다.

　마송은 천천히 물속으로 들어가 발이 땅에 닿지 않게 되어서야 몸을 던졌다. 그는 개구리헤엄을 쳤으나 매우 서툴러서 나는 그를 남겨 두고 마리에게로 갔다. 물이 차가워서 헤엄치는 것이 유쾌했다. 마리와 함께 멀리 가면서, 우리는 몸짓과 만족감에서 서로 일치함을 느낄 수 있었다.

　바다 한가운데로 나가서 우리는 물위에 몸을 띄웠다. 하늘로 향한 얼굴 위에서 태양은 입으로 흘러내리는 물을 말끔히 걷어 주었다. 마송이 모래사장으로 나가서 햇볕을 쬐려고 눕는 것이 보였다.

그와의 거리는 멀었지만 그는 큼직하게 보였다. 마리는 나와 함께 헤엄을 치고 싶어했다. 나는 마리의 뒤로 돌아가 그녀의 허리를 붙잡고, 마리가 팔을 휘둘러 앞으로 나아가는 것을 발 차기를 하며 도와 주었다.

고요한 아침의 철썩거리는 물소리가 오래 계속되는 동안 마침내 나는 지치고 말았다. 그래서 마리를 남겨 두고 숨을 크게 쉬면서 규칙적으로 헤엄을 쳐서 돌아왔다. 나는 마송 앞에서 배를 깔고 엎드려 모래 속에 얼굴을 파묻었다. 참 기분이 좋다고 했더니 그도 그렇다고 했다.

얼마 있다가 마리가 왔다. 나는 고개를 돌려 마리가 걸어오는 것을 쳐다보았다. 소금물에 젖은 그녀의 몸은 미끈거려 보였고, 머리카락은 뒤로 늘어뜨려져 있었다. 마리와 나는 옆구리를 맞대고 누워 있었는데, 그녀의 체온과 뜨거운 햇볕 때문에 나는 언뜻 잠이 들었다.

마리가 나를 흔들어 깨우며 마송은 벌써 집으로 돌아갔고, 이젠 점심을 먹어야겠다고 했다. 나는 시장기를 느껴 곧 일어섰다. 마리는 아침부터 내가 한 번도 키스를 해 주지 않았다고 말했다. 그것은 사실이었고 나도 키스를 하고 싶었다.

"물속으로 들어와요." 하고 마리가 말했다. 우리는 뛰어가서 곧 잔물결 속에 몸을 맡겼다. 몇 번 팔을 저어 헤엄쳐 가다가 마리가 내게로 달라붙었다. 그녀의 다리가 나의 다리에 휘감기는 것을 느끼고 나는 성욕을 느꼈다.

우리가 돌아오려고 할 때 마송이 우리를 불렀다. 배가 고프다고 했더니, 마송은 곧 내가 자기 마음에 든다고 그의 아내에게 말했다. 빵은 맛있었고, 나는 내 몫의 생선을 부리나케 먹어 치웠다. 그 다음 고기와 감자 프라이가 나왔다. 우리는 모두 아무 말 없이 먹기만 했다. 마송은 식사 중 자주 술을 마셨고 내게도 줄곧 따라 주었다. 커피를 가져왔을 때는 머리가 좀 무거워서 나는 담배를 많이 피웠다. 마송과 레이몽과 나는 공동 비용으로 8월 달에 함께 해변에서 지낼 것을 의논했다. 갑자기 마리가 말했다.

"지금 몇 신지 아세요? 10시 반이에요."

우리는 모두 놀랐다. 그러나 마송은 우리가 너무 일찍 식사를 했지만 결국 배고플 때가 식사 시간이니까 별로 이상할 것은 없다고 했다. 그 말에 마리가 왜 웃었는지 나는 모른다. 아마 술을 좀 많이 마신 탓이었을 것이다. 그때 마송이 함께 바닷가를 산책하지 않겠느냐고 나에게 물었다.

"제 아내는 점심을 먹은 뒤엔 반드시 낮잠을 자는데, 나는 그게 싫어요. 난 걸어야 하거든요. 아내는 점심 식사 후에는 낮잠을 자는 게 건강에 좋다고 늘 말하지만, 어쨌든 나는 내가 하고 싶은 대로 할 수밖에 없지요."

마리는 마송 부인을 도와 설거지를 하기 위해 남아 있겠다고 했다. 그러면 남자들을 밖으로 내보내야 한다고 키가 작은 파리 여자가 말했다. 우리는 모두 바닷가로 내려갔다.

　햇볕이 거의 수직으로 모래 위로 쏟아져 내려, 바다 위에 반사되는 그 빛은 바라보기가 어려울 지경이었다. 바닷가에는 아무도 없었다. 언덕을 따라 바다 뒤로 솟은 작은 별장들 안에서는 접시며, 포크며, 숟가락 등이 덜그럭거리는 소리가 들려오고 있었다. 땅에 깔린 돌에서 올라오는 열기 속에서는 숨조차 쉬기가 어려웠다.

　레이몽과 마송은 내가 알지 못하는 여러 가지 일과 사람들의 이야기를 했다. 그들은 오래전부터 아는 사이라는 것과 한때 그들이 동거한 일도 있었다는 사실을 나는 알았다. 우리는 물가로 가서 바다를 끼고 걸었다. 때때로 잔물결이 길게 밀려와서 우리의 신발을 적셨다. 나는 머리 위로 내리쬐는 태양 때문에 반은 잠이 들어 있어서 아무것도 생각할 수가 없었다.

　그때 레이몽이 마송에게 뭐라고 말했는데 나는 잘 듣지 못했다. 그런데 그와 동시에 바닷가 저쪽 끝 멀리에서 푸른 작업복 차림의 아랍인 두 명이 우리 쪽으로 걸어오고 있는 것을 보았다. 레이몽을 쳐다보았더니, "그놈이야." 하고 그가 말했다.

　우리는 걸음을 멈추지 않았다. 마송은 그들이 어떻게 이곳까지 우리를 따라올 수 있었는지 이상하게 여겼다. 우리가 해수욕 가방을 들고 버스를 타는 것을 그들이 본 것이라고 생각했으나 나는 아무 말도 하지 않았다. 아랍인들은 천천히 걸어오고 있었는데, 이제 거리가 훨씬 가까워져 있었다. 우리는 걷는 방향을 바꾸지 않았다.

레이몽이 말했다.

"마송, 싸움이 벌어지면 자넨 둘째 녀석과 붙어. 저 녀석은 내가 맡을게. 뫼르소, 자넨 또 다른 놈이 오면 맡아 주게."

나는 "그러지." 하고 말했다. 마송은 두 손을 주머니 속에 넣었다.

뜨겁게 달아오른 모래가 지금 내게는 붉게 보였다. 우리는 일정한 걸음으로 아랍인들 쪽으로 걸어갔다. 그들과 우리 사이의 거리가 점점 줄어들었다.

몇 걸음 되지 않는 간격을 두고 서로 가까워졌을 때, 아랍인들이 멈춰 섰다. 마송과 나는 걸음을 늦추었다. 레이몽은 바로 그가 맡은 녀석에게로 갔다. 나는 그가 뭐라고 말했는지는 알아들을 수 없었으나 아랍 녀석이 머리로 레이몽을 들이받는 시늉을 했다. 그러자 레이몽은 녀석을 먼저 한 대 때려 놓고 곧 마송을 불렀다.

마송은 미리 지목했던 녀석에게로 달려가 힘껏 두 번 후려갈겼다. 상대편 녀석은 얼굴을 바닥에 틀어박고 물속에 나뒹굴었다. 그러고는 잠시 그대로 있었는데 머리께로부터 거품이 물위로 보글거리고 있었다. 그러는 동안에 레이몽이 그 아랍 녀석을 후려쳐서 그의 얼굴은 온통 피투성이가 되었다. 레이몽이 내게로 고개를 돌리며 말했다.

"자식, 꼬락서니 좀 봐."

"조심해, 그놈 단도를 가졌어!" 하고 내가 말했지만, 레이몽은 이미 팔이 찔리고 입이 찢겨졌다. 마송이 후다닥 뛰어나갔으나, 아랍 녀석도 일어나서 무기를 가진 녀석 뒤로 가서 섰다. 우리는 움직이지 않았다. 그들은 우리에게서 눈을 돌리지 않고 단도로 위협을 하면서 천천히 뒷걸음질쳐서 충분한 거리를 갖게 되자 부리나케 달아나 버렸다. 그동안 우리는 햇빛 아래 못 박힌 듯 우두커니 서 있었고, 레이몽은 피가 흐르는 팔을 움켜쥐고 있었다.

마송은 일요일마다 언덕 별장에 와서 지내는 의사가 있다고 말했다. 레이몽은 빨리 그리로 가자고 했다. 그가 말을 할 적마다 상처에서 흐르는 피가 입 속으로 거품처럼 나왔다. 우리는 그를 부축하고 급히 별장으로 돌아왔다. 레이몽은 상처가 가벼워서 의사에게 갈 수 있다고 말했다. 그는 마송과 함께 가기로 하고, 나는 남아서 여자들에게 사건에 대한 이야기를 들려주었다. 마송 부인은 울고 있었고, 마리는 새파랗게 질려 있었다. 나는 그녀들에게 설명을 하는 게 귀찮아 그만 이야기를 중단해 버리고 담배를 피우면서 바다를 바라보았다.

1시경에 레이몽과 마송이 돌아왔다. 그는 팔에 붕대를 감고 입가에는 반창고를 붙이고 있었다. 의사는 대수롭지 않다고 말했다지만 레이몽은 침울한 얼굴을 하고 있었다. 마송이 웃기려고 애를 써도 레이몽은 여전히 말이 없었다. 그가 바닷가로 내려간다고 하기에 어디로 가느냐고 물었더니 바람을 쐬고 싶다고 했다. 마송과 나도 가겠다고 했더니 레이몽은 화를 내며 우리에게 욕을 했다. 그의 비위를 거스르지 말아야 한다고 마송이 말했지만 그래도 나는 레이몽의 뒤를 따랐다.

우리는 오랫동안 해변을 거닐었다. 태양이 찍어 누르는 듯했다. 햇빛은 모래와 바다 위에 부서져 반짝이고 있었다. 나는 레이몽이 가는 곳을 알고 있지만, 꼭 그렇지는 않을지도 모른다는 생각이 들었다. 우리는 해변이 끝나는 곳에서 마침내 커다란 바위틈에서 바다로 향해 모래 속을 흐르고 있는 조그만 샘 가에 이르렀다.

거기서 우리는 그 아랍인들을 다시 만났다. 그들은 기름기가 번쩍이는 푸른 작업복을 입고 누워 있었다. 마음이 거의 가라앉은 듯 아주 태연스러운 빛이었다. 레이몽을 찌른 녀석도 아무 말 없이 레이몽을 바라보고 있었다. 또 한 녀석은 조그만 갈대 피리를 불고 있었는데, 곁눈질로 우리를 바라보면서 그 악기로 낼 수 있는 세 가지 소리를 되풀이하는 것이었다. 얼마 동안 거기에는 다만 햇빛과 침묵, 그리고 졸졸 흐르는 샘물 소리와 피리 소리의 세 가지 음향만이 들릴 뿐이었다.

갑자기 레이몽이 권총 주머니에 손을 댔으나, 상대편은 움직이지 않고 둘이 서로 마주 바라보고 있었다. 나는 피리를 불고 있는 녀석의 발가락이 몹시 벌어진 것을 보았다. 레이몽은 녀석들에게서 눈을 떼지 않았다.

"쏴 버릴까?"

그만두라고 하면 그는 제풀에 화가 나서 기어코 쏘고야 말 것이라는 생각이 들어서 나는 그저 건성으로 이렇게 말했다.

"저 녀석은 지금 아무 짓도 하지 않는데 이대로 쏴 버린다면 비겁한 짓이 될 거야."

침묵과 무더운 햇빛 속에서 여전히 물소리와 피리 소리만이 호젓하게 들렸다. 이윽고 레이몽이 입을 열었다.

"그럼, 저 녀석에게 욕을 해 줘야겠군. 대꾸하면 쏴 버려야지."

"그래. 하지만 녀석이 단도를 뽑지 않는데 쏠 수야 없지." 하고 내가 대답했다.

드디어 레이몽이 화를 내기 시작했는데, 상대는 여전히 피리를 불고 있었고, 둘 다 레이몽의 거동을 세심하게 살피고 있었다.

"쏴서는 안 돼. 사나이답게 맞상대를 해야지. 그리고 그 총을 이리 줘. 만약에 다른 녀석이 뛰어들든지, 저 녀석이 단도를 뽑든지 하면 내가 쏴 버릴 테니까."

레이몽이 내게 총을 줄 때 그 위에 햇빛이 반사되어 번쩍거렸다. 우리는 마치 모든 것이 우리 주위를 둘러싸고 있는 것처럼 그대로 움직이지 않고 있었다. 우리는 눈도 깜박이지 않고 서로 노려보고 있었으며, 바다와 모래와 태양 사이에서 피리 소리와 물소리 때문에 더욱 뚜렷한 이중의 정적 속에 머물러 있었다.

그 순간 나는 총을 쏠 수도 있고 쏘지 않을 수도 있었지만 쏘아도 좋고 쏘지 않아도 좋을 것이라고 생각했다. 그때 갑자기 아랍인들이 뒷걸음질을 치며 바위 뒤로 달아나 버렸다. 레이몽과 나는 갔던 길을 되돌아왔다. 레이몽은 기분이 좀 나아진 듯 집으로 돌아갈 버스 이야기를 했다.

우리는 별장까지 함께 왔다. 레이몽이 나무 계단을 올라가는 동안 나는 계단 앞에 서 있었다. 햇빛으로 머리가 어지러운 데다 그 나무 계단을 올라가야 하고 다시 여자들과 대면해야 할 것을 생각하니 맥이 풀렸던 것이다. 그러나 더위는 더욱 심해져 하늘에서 쏟아지는 햇빛 아래 우두커니 서 있기도 괴로운 일이었다. 더군다나 거기에 그대로 있거나 다른 데로 가 버리거나 결국은 마찬가지였다. 잠시 후에 나는 돌아서서 바닷가를 향해 걷기 시작했다.

아까와 다름없이 모두가 붉게 어른거리고 있었다. 모래 위에서 바다는 잔물결에 휩쓸려 가쁜 숨결을 헐떡이고 있었다. 나는 천천히 바위가 있는 곳으로 걸어가고 있었는데 햇빛 때문에 머리가 부푸는 것 같았다. 태양 전체가 내 위를 짓눌러 내 걸음을 막았다. 그리하여 얼굴 위로 무더운 바람이 와 닿을 때마다 나는 이를 악물고 주머니 속의 주먹을 불끈 쥐고, 태양이 쏟아 붓는 짙은 열기를 견디어 내려고 전력을 다하여 몸을 버텼다. 모래와 흰 조개껍질과 유리 조각에서 빛이 칼날처럼 번쩍일 때마다 턱이 움찔했다. 나는 오랫동안 걸었다.

햇빛과 바다의 수분으로 눈이 부시도록 후광에 둘러싸인 거무스름한 바위 덩어리가 조그맣게 멀리 바라다 보였다. 나는 바위 뒤의 서늘한 샘을 생각했다. 그 물의 속삭임을 다시 듣고 싶었고, 태양과 더위와 싸우는 노력, 여자의 울음소리를 피하고 싶었으며, 그곳에서 그늘과 휴식을 찾고 싶었다. 그러나 내가 그곳으로 가까이 갔을 때, 레이몽과 맞섰던 녀석이 다시 돌아와 있는 것이 보였다.

그는 혼자였다. 번듯이 드러누워 있는데, 두 손을 목 밑에 괴고 얼굴만 바위 그늘 속에 넣고 전신에 햇볕을 받고 있었다. 푸른 작업복이 더위 속에서 열을 내뿜고 있었다. 나는 조금 망설였다. 나로서는 그 사건이 이미 끝난 것으로 믿었으므로 그 일은 생각지도 않고 그곳으로 갔던 것이었다.

그는 나를 보자 몸을 조금 일으켜 주머니에 손을 넣었다. 물론 나도 윗옷 속에 들어 있던 레이몽의 총을 거머쥐었다. 그때 그는 다시금 몸을 젖혀 누워 버렸으나 주머니에서 손을 빼지는 않았다. 나는 그에게서 꽤 멀리, 한 10여 미터쯤 떨어져 있었다. 반쯤 감은 그의 눈꺼풀 사이로 이따금 그의 시선이 새어 나오는 것을 짐작할 수 있었다. 그러나 대체로 그의 모습은 타는 듯한 대기 속에서 내 눈앞에 어른거리고 있었다.

물결 소리는 정오 때보다 더욱 느렸고, 가라앉았다. 아까와 다름없는 모래 위에 다름없는 태양 그리고 다름없는 빛이 그대로 여기서도 계속되고 있었다. 벌써 두 시간 전부터 낮은 걸음을 멈추고, 두 시간 전부터 끓는 금속 바다 속에 닻을 던졌던 것이다. 수평선 위로 조그만 증기선이 지나갔다. 그것을 내가 시야에서 검은 얼룩처럼 느낀 것은 아랍인에게서 눈을 떼지 않고 있었기 때문이다.

내가 뒤로 물러서기만 하면 아무 일도 없을 것이라고 생각되었지만, 햇빛에 번쩍대는 해변이 내 뒤를 압박하고 있었다. 나는 샘을 향해 몇 걸음을 옮겼다. 아랍인은 움직이지 않았다. 그는 그래도 아직 내게서 꽤 멀리 떨어져 있었다. 아마도 얼굴 위에 드리워진 그늘 탓이었던지 웃고 있는 듯했다. 나는 기다렸다.

　뜨거운 햇볕에 뺨마저 달아오르고 땀방울이 눈썹에 맺히는 것을 느꼈다. 그것은 어머니의 장례식을 치르던 그날과 똑같은 태양이었다. 그날처럼 특히 머리가 아프고, 이마의 모든 핏줄이 피부 밑에서 지끈거리고 있었다. 그 햇빛의 뜨거움을 견디지 못하여 나는 한 걸음 앞으로 나갔다. 나는 그것이 어리석은 짓이며, 한 걸음 몸을 옮겨 보았자 태양으로부터 벗어날 수 없다는 것을 알고 있었다. 그렇지만 나는 한 걸음, 다만 한 걸음 앞으로 나섰던 것이다.

　그러자 아랍인이 몸을 일으키지도 않고 단도를 뽑아서 그것을 내게로 겨누었다. 태양 빛이 강철 위에 반사되자 번쩍거리는 날카로운 칼날이 내 이마에 와서 부딪히는 것 같았다. 그와 동시에 눈썹에 맺혔던 땀이 한꺼번에 눈꺼풀 위로 흘러내려 미지근하고 두터운 막으로 내 눈을 덮어 버렸다. 이 소금의 장막에 가려져 나는 앞이 보이지 않았다. 다만 이마 위에서 울리는 태양의 제금 소리와, 단도로부터 여전히 내 앞으로 다가오는 눈부신 빛의 칼날을 느낄 수 있을 뿐이었다. 그 뜨거운 칼이 나의 속눈썹을 자르고 어지러운 눈을 헤집는 것이었다.

　바로 그때였다. 모든 것이 동요하기 시작한 것이. 바다는 답답하고 뜨거운 바람을 실어왔다. 하늘은 활짝 열리면서 불을 쏟아내는 듯했다. 나의 온몸이 긴장하면서 나는 총을 힘 있게 거머쥐었다. 나는 방아쇠를 당겼고, 권총 자루의 미끈한 배를 만졌다. 그리하여 짤막하고도 요란스러운 소리와 함께 모든 것이 시작되었던 것이다.

나는 태양과 땀으로부터 벗어났다. 한낮의 균형과 내가 행복을 느끼던 바닷가의 특이한 침묵을 깨뜨린 것임을 나는 깨달았다. 그래서 쓰러진 몸뚱이에 다시 네 발을 쏘았다. 총알은 보이지도 않게 깊이 들어박혔다. 그것은 마치 내가 불행의 문을 두드리는 짧은 네 마디의 소리인 듯했다.

제2부

1

체포된 후 나는 곧 여러 차례 심문을 받았다. 그러나 그것은 신분 확인을 위한 것이어서 오래 계속되지는 않았다. 처음 경찰에서는 나의 사건에 아무런 흥미를 느끼는 것 같지 않았다. 그런데 일주일 후에 예심 판사가 나를 유심히 바라보았다. 처음에는 단지 내 이름과 주소, 직업, 출생 날짜와 장소를 심문했다. 그러고는 내가 변호사를 선정했는지 알고 싶어하기에 나는 그렇지 않다고 말하고, 변호사를 반드시 세워야만 하느냐고 물었다.

"왜 그러지요?" 하고 그가 물었다.

나는 이 사건은 매우 단순한 것으로 생각한다고 대답했다. 그는 웃으면서 이렇게 말했다.

"그건 하나의 의견이지만, 법률이라는 게 있어서 당신이 변호사를 택하지 않으면 우리들이 규정에 따라 선정할 것입니다."

법이라는 제도가 그런 자질구레한 일까지 처리해 주는 것이 매우 편리하다고 나는 생각했다. 이런 생각을 판사에게 말했더니, 그도 내 말에 동의를 표하고 법률은 참으로 잘되어 있는 것이라고 결론을 내렸다.

나는 처음엔 그를 탐탁하게 생각하지 않았다. 그는 커튼이 쳐진 방에서 나를 맞아 주었는데, 그의 테이블 위에 등불이 하나 놓여 있어 그것이 내가 앉은 안락의자만을 비추고 있었을 뿐 그는 어둠 속에 앉아 있었다. 그전에 나는 책에서 그러한 장면을 읽은 적이 있었고, 그것은 모두가 어린애 장난만 같았다.

이야기가 끝난 뒤에 그를 살펴보았더니, 그는 얼굴이 말쑥했으며, 푸른 눈은 깊숙이 들어가 있고, 키가 크고 회색 수염을 길게 길렀으며, 숱이 많은 머리카락은 거의 백발에 가까웠다. 그는 착실하고 입을 삐죽거리는 신경질적인 버릇이 있기는 했으나, 따지고 보면 결국 호감을 가질 만한 사람인 듯이 보였다. 방을 나서면서 내가 그에게 악수를 청하려고까지 했던 것이다. 그러나 그때 내가 사람을 죽였다는 사실을 상기했다.

이튿날 변호사 한 사람이 형무소로 나를 찾아왔다. 키가 작고 뚱뚱한 남자였는데 나이가 매우 적었다. 그의 머리는 정성스럽게 빗어 넘겨져 있었다. 날씨가 더웠음에도 그는 검은 옷차림이었으며 (나는 셔츠 차림이었다.) 빳빳한 칼라에 검고 흰 줄무늬가 있는 좀 괴상한 넥타이를 매고 있었다. 겨드랑이에 끼고 들어온 가방을 내 침대 위에 내려놓은 그는 자기 소개를 하고 나서 서류를 검토해 보았다고 했다. 이 사건은 어렵긴 하지만, 내가 그를 신뢰한다면 재판에 승소할 것을 의심하지 않는다는 것이었다. 내가 고맙다고 하자 그가 말했다.

"문제의 요점으로 들어갑시다."

그는 침대 위에 앉은 다음, 판사 측에서는 나의 사생활에 대하여 여러 가지로 정보를 수집했다고 설명했다. 최근 양로원에서 어머니가 사망한 사실을 알게 되어 마랑고로 조사를 갔었고, 어머니의 장례식 날 내가 냉랭한 태도를 보였다는 사실을 조사원들이 알았다는 것이었다.

"당신에게 이런 질문을 하는 것은 거북한 일이지만 이건 매우 중요합니다. 그리고 만약에 내가 거기에 답변을 할 수 없다면 그것은 판결의 중대한 논거가 될 것입니다." 하고 변호사가 말했다. 그는 내가 그에게 협조해 줄 것을 요구했다.

그는 나에게 어머니의 장례식 날 슬펐냐고 물었다. 이 질문은 나를 몹시 당황하게 만들었다. 만약 내가 이런 질문을 해야만 할 처지였다면 나는 매우 어색했을 것이라고 생각되었다. 나는 자문해 보는 습관을 좀 잃어버린 편이어서 정확하게 설명할 수는 없다고 대답했다.

물론 나는 어머니를 사랑했지만 그런 것은 아무 의미도 없다고 했다. 그리고 건강한 사람은 누구나 다소간 사랑하는 사람들의 죽음을 바라는 일이 있는 법이라고 했다. 그러자 내 말을 가로막은 변호사는 매우 흥분한 듯이 보였다. 그는 법정에서나 예심 판사 앞에서는 결코 그런 말을 해서는 안 된다고 내게 주의를 주었다.

그러나 나에게는 육체적 욕구가 감정을 방해하는 일이 흔히 있다는 것을 나는 그에게 설명해 주었다. 어머니의 장례식이 있었던 날, 나는 매우 피곤해서 졸음이 왔다. 그래서 그날 무슨 일이 있었는지 잘 알 수가 없었다. 내가 확실히 말할 수 있는 것은, 어머니가 돌아가시지 않았더라면 좋았을 거라고 생각했다는 것이었다. 그러나 나의 변호사는 대단히 불만인 눈치였다.

"그것으로는 충분하지 못합니다." 하고 그가 말했다. 그는 잠시 생각을 하더니, 그날 내가 슬픈 감정을 억제했다고 말할 수 있느냐고 물었다. "그건 사실이 아닙니다." 하고 내가 대답했다. 그는 내가 얄밉다는 듯이 이상스러운 눈초리로 나를 바라보았다.

어쨌든 양로원의 원장과 사무원들은 증인으로서 심문을 받게 될 것이고, 그러면 그것이 내게 매우 불리한 결과를 초래할지도 모른다고 그는 냉정히 말했다. 그런 이야기는 내 사건과 아무 연관이 없다고 말했으나, 그는 다만 내가 재판소와 관계되었던 적이 없다는 것을 그만하면 훤히 알 수 있다고만 대답했다. 그러고 나서 그는 화가 나서 돌아가 버렸다.

나는 그를 좀더 머물게 해서 그의 동정을 얻고 싶다는 것, 그리고 그것은 변호를 더 잘해 주기를 바라서가 아니라 이를테면 저절로 그렇게 하고 싶은 생각이 들어서라는 것을 설명하고 싶었다. 무엇보다 내가 그의 처지를 곤란하게 만들고 있다는 것을 알 수 있었다. 그는 나를 이해하지 못했고 매우 원망하고 있었다. 나는 내가 다른 사람들과 똑같다는 것, 조금도 다르지 않고 똑같다는 것을 그에게 말하고 싶었다. 그러나 그러한 모든 것은 결국 별로 효과도 없는 일이어서, 나는 귀찮아져 그것을 단념하고 말았다.

얼마 후에 다시 예심 판사 앞으로 이끌려 갔다. 오후 2시였는데, 그의 사무실은 엷은 커튼을 뚫고 들어오는 햇빛으로 가득 차 있었다. 매우 무더웠다. 그는 내게 앉으라고 한 다음 퍽 정중하게, 나의 변호사는 '문제가 생겨서' 오지 못했다고 말해 주었다. 그러나 내게는 그의 심문에 대답하지 않고 변호사의 도움을 기다릴 권리가 있다는 것이었다. 혼자서라도 대답할 수 있다고 했더니 그는 책상 위의 벨을 눌렀다. 젊은 서기가 들어와서 내 등 바로 뒤에 자리를 잡고 앉았다.

우리는 안락의자에 반듯이 기대앉았다. 그러고는 심문이 시작되었다. 판사는 먼저 사람들은 내가 말이 적으며 잘 내색을 하지 않는 성격이라고 하던데 그에 대해 어떻게 생각하느냐고 물었다. "나는 할말이 별로 없습니다. 그래서 말을 안 합니다." 하고 내가 대답했다. 그는 첫 심문 때처럼 빙그레 웃으면서 그건 참 정당한 이유라고 말한 다음, "그리고 그건 중요하지 않은 일입니다." 하고 덧붙였다.

그는 이야기를 중단하고 나를 보고 있더니 갑자기 어깨를 들썩이면서 "내가 알고 싶은 것은 당신입니다." 하고 재빨리 말했다. 나는 그가 무슨 말을 하는 것인지 잘 알 수가 없어서 아무 대답도 하지 않았다. 그는 이어서 "당신의 행동에는 나로서는 이해하기 어려운 점들이 있는데, 그것을 이해할 수 있도록 당신이 도와 주었으면 합니다." 하고 말했다. 나는 모두 지극히 단순한 일들뿐이라고 대답했다.

판사는 그날의 사건을 이야기하도록 재촉했다. 나는 이미 그에게 한 번 말했던 것을 다시 요약해 되풀이했다. 레이몽, 바닷가, 해수욕, 결투, 다시 바닷가, 조그만 샘, 태양, 다섯 발의 총소리.

내가 한마디 한마디 할 때마다 그는 "네, 네." 하는 것이었다. 쓰러진 시체까지 이야기를 마치자, 그는 "좋습니다." 하면서 내 이야기를 확인했다. 나는 그처럼 같은 이야기를 되풀이하는 것에 지쳤고, 그렇게 이야기를 한 적은 여태껏 한 번도 없었다는 생각이 들었다.

그는 잠시 동안 아무 말이 없다가 일어서서 나를 도와 주겠다고 하면서, 내가 퍽 흥미 있는 사람이고, 하나님의 도움을 얻어 나를 위해 최선을 다할 수 있을 것이라고 말했다. 그는 내게 몇 가지 질문을 더 하고 싶어했다. 그러더니 다짜고짜로 어머니를 사랑했었냐고 물었다. "네, 다른 사람들과 마찬가지로 사랑했습니다." 하고 나는 대답했다.

그때까지 규칙적으로 타이프를 치고 있던 서기가 키를 잘못 눌렀는지 당황해하며 다시 고쳐 치기 시작했다. 여전히 확연한 논리도 없이 판사는 이번에는 다섯 발을 연달아서 쏘았냐고 물었다. 나는 잠시 생각을 하고 나서, 처음에 한 발 쏘고 몇 초 후에 다시 네 발을 쏘았다고 했다. "첫 발과 둘째 발 사이에 왜 기다렸습니까?" 하고 그가 물었다.

나는 다시 한 번 붉은 바닷가를 눈앞에서 보고 뜨거운 햇빛을 이마 위에서 느꼈다. 그러나 나는 아무 대답도 하지 않았다. 그 후로 침묵이 계속되는 동안 판사는 흥분한 눈치였다. 의자에 걸터앉아 머리를 긁적거리고 책상 위에 팔꿈치를 괸 다음 야릇한 표정으로 내게 약간 몸을 굽혔다.

"왜, 왜 당신은 땅에 쓰러진 시체를 쏘았지요?"

그 물음에도 나는 대답할 수가 없었다. 판사는 두 손으로 이마를 받치고 목소리까지 조금 변하여 "왜 그랬지요? 그것을 말해야 합니다. 왜 그랬습니까?" 하고 되풀이해서 물었다. 나는 여전히 말을 하지 않았다. 갑자기 그가 일어서서 사무실 한끝으로 성큼성큼 걸어가더니 서류함의 서랍을 뒤졌다. 거기서 은으로 만든 십자가를 꺼내 그것을 휘두르며 내게로 왔다. 그러고는 여느 때와는 아주 다른, 거의 떨리는 목소리로 외쳤다.

"당신은 이것을, 이 사람을 아나요?"

"물론 압니다." 하고 나는 말했다.

그러자 그는 흥분하여 빠른 어조로 자기는 하나님을 믿는다는 것과, 하나님이 용서하지 않을 만큼 죄가 많은 사람은 하나도 없지만, 용서를 받으려면 뉘우치는 마음으로 어린애처럼 되어서 넋을 깨끗이 비워 모든 것을 받아들일 준비를 하지 않으면 안 된다는 그의 신념을 말했다. 그는 전신을 책상 너머로 기울이고는 십자가를 거의 내 머리 위에서 휘두르고 있었다.

사실 나는 그의 신념을 따르기가 매우 어려웠다. 첫째로 나는 몹시 더웠고, 그의 사무실에 날아다니는 커다란 파리가 내 얼굴에 앉아 있었기 때문이다. 또 나는 판사의 태도에 겁이 좀 나기도 했다. 그와 동시에 그의 행동이 우스워 보였다. 왜냐하면 결국 죄를 지은 사람은 나였기 때문이다.

그러나 그는 이야기를 계속했다. 내가 대충 알아들은 바로는, 나의 진술에 오직 한 가지 모호한 점이 있다는 것이었다. 즉, 두 번째 총을 쏘기 전에 내가 기다렸다는 사실이다. 그 밖의 다른 것들은 잘 알겠는데 그것만은 이해가 되지 않는다는 것이었다. 나는 그 점은 그다지 중요하지 않으며 그가 고집을 부리는 것은 잘못이라고 그에게 말하려고 했다.

그러나 그는 나의 말을 가로막고 다시 한 번 몸을 일으켜 하나님을 믿느냐고 물으면서 나를 훈계했다. 나는 믿지 않는다고 대답했다. 그는 분연히 앉아 버렸다. 그러고는 그럴 수는 없다며, 누구나,

비록 하나님의 얼굴을 외면하는 사람일지라도 하나님은 믿는 법이라고 말했다. 그것이 그의 신념이요, 만약 그것을 의심해야 한다면 그의 삶은 무의미해지고 만다는 것이었다. "당신은 나의 일생이 무의미하게 되기를 바랍니까?" 하고 그가 외치다시피 물었다. 내 생각으로는 그것은 나와 아무 관계가 없는 일이어서 그렇다고 대답했다. 그러자 그는 그리스도의 십자가 상(像)을 책상 너머로부터 내 얼굴 앞으로 들이밀고는 소리를 지르는 것이었다.

"나는 기독교 신자야. 나는 이분에게 당신의 죄의 용서를 구하고 있어. 어찌하여 당신은 그리스도가 당신을 위해 고통을 당하셨다는 것을 믿지 않느냐 말이야?"

나는 그가 내게 반말을 하고 있다는 것을 알아차렸다. 나는 이제 진절머리가 났다. 더위는 더욱 심해졌다. 별로 이야기를 듣고 싶지 않은 사람으로부터 벗어나고 싶을 때 내가 늘 하는 것처럼, 나는 그의 말에 수긍하는 체했다. 그랬더니 놀랍게도 그는 승리한 듯이 말했다.

"그것 봐, 당신도 믿지? 하나님께 마음을 바치겠지?"

물론 나는 다시 한 번 아니라고 했다. 그는 다시 안락의자 위에 주저앉고 말았다.

그는 매우 피곤한 듯했다. 잠시 아무 말도 없었으나, 그동안에도 타이프는 대화의 내용을 기록하는 일을 멈추지 않고 마지막 이야기를 계속해서 치고 있었다. 그는 나를 약간 슬픈 표정으로 물끄러미 바라보고 나서 중얼거렸다.

"당신처럼 고집 센 사람은 처음 봅니다. 내 앞에 온 죄인들은 이 고뇌의 형상을 보고 모두 울었어요."

나는 그것은 바로 그들이 죄인이었으니까 그렇다고 대답하려 했다. 그러나 나도 그들과 같은 죄인이라는 것을 생각했다. 그것은 나로서는 믿을 수 없는 생각이었다.

그때 판사가 일어섰다. 심문이 끝났다는 것을 의미하는 듯했다. 그는 여전히 좀 피곤한 표정으로 내가 저지른 일을 후회하고 있느냐고 물었다. 나는 생각을 하고 나서 정말 후회라기보다는 차라리 짜증스러움을 느낀다고 대답했다. 나는 그가 나를 이해하지 못하는 듯한 인상을 받았다. 그날은 그것으로 그치고 이야기는 더 진행되지 못했다.

그 후 나는 여러 차례 예심 판사를 만났다. 그때마다 나는 변호사를 동반했다. 이야기는 단지 처음에 내가 했던 진술의 어떤 점을 좀더 자세히 말하게 하는 정도에 그쳤다. 그렇지 않으면 판사는 나의 변호사와 직무에 관한 토론을 했다. 사실 그들은 그때마다 나는 아랑곳하지도 않았다. 어쨌든 차츰차츰 심문의 방식이 달라졌다. 판사는 이미 나에게는 관심이 없는 것 같았고, 그는 이를테면 내 사건의 성격을 규정 지어 버린 모양이었다.

그는 다시는 내게 하나님의 이야기를 하지 않았으며, 먼젓번처럼 흥분한 모습을 다시는 보이지 않았다. 그 결과 우리의 대화는 점점 친밀해졌다. 몇 가지 질문이 있고, 나의 변호사와 좀 이야기를 하고 나면 심문은 끝나는 것이었다.

나의 사건은 판사의 말로는 잘 진척되어 가고 있었다. 어떤 때 대화가 일상적인 성질을 띠게 되면 나도 거기에 한몫 끼곤 했다. 나는 그때서야 숨을 쉴 수 있었다. 그런 때에는 아무도 나에게 심하게 굴지 않았기 때문이다. 모든 것이 자연스럽고 규칙 있고 침착하게 꾸며져서 나는 '가족들 사이에 섞여 있는 것 같은' 어처구니없는 인상을 받는 것이었다.

그리하여 11개월 동안이나 계속된 예심을 거치고 나서 나는, 이따금 판사가 그의 방문까지 나를 배웅하고는 어깨를 두드리며, "오늘은 끝났습니다. 반기독교인 양반." 하고 다정스럽게 이야기해 주던 그 순간을 무엇보다도 즐겼다는 사실에 스스로 놀라지 않을 수 없었다. 판사의 방문을 나서면 나는 다시 헌병의 손에 맡겨졌다.

2

말하고 싶지 않았던 일들이 있다. 형무소로 들어오고 나서 며칠 후에, 나는 내 생애에서 그 시기를 이야기하고 싶지 않을 것이라는 사실을 깨달았다. 그 후 그러한 생각이 대수롭지 않게 여겨지게 되었다.

사실 처음에는 형무소에 있다는 것이 실감나지 않았다. 나는 막연히 무슨 새로운 사건을 기다리고 있었다. 모든 것이 시작된 것은 단지 마리의 최초의 그리고 유일한 방문을 받는 다음부터였다. 마리의 편지(내 아내가 아니라고 해서 이제는 면회가 허락되지 않는다고 마리는 그 편지에서 말하고 있었다.)를 받은 날, 그날부터 나는 감방이 내 집이고 내 생활은 그 속에 한정되어 있음을 느꼈다.

체포되던 날, 우선 나는 이미 여러 사람이 있는 유치장에 갇히게 되었는데 대부분이 아랍인들이었다. 그들은 나를 보고 웃더니 무슨 짓을 했느냐고 물었다. 아랍인을 한 사람 죽였다고 대답하자 그들은 조용해졌다. 이윽고 밤이 찾아왔다. 그들은 누워서 잘 돗자리를 펴는 방법을 설명해 주었다. 한끝을 말아서 베개로 사용할 수 있는 것이었다. 밤새도록 빈대가 얼굴 위를 기어다녔다.

며칠 뒤에 나는 독방으로 격리되어 판자 위에서 자게 되었다. 변기와 쇠로 만든 양동이가 있었다. 형무소는 시가지의 꼭대기에 있어서 조그만 창문으로 바다가 보였다. 어느 날 철창에 기대어 빛을 향해 얼굴을 내밀려고 할 때, 간수가 들어와서 면회하러 온 사람이 있다고 했다. 나는 마리일 것이라고 생각했다. 과연 마리였다.

면회실로 가기 위해서 긴 복도를 거쳐 계단을 지나 복도 끝으로 걸어갔다. 그리하여 널따랗게 뚫린 창으로 빛이 들어오는 큰 방에 들어섰다. 면회실은 두 개의 철책이 세로로 막고 있어 세 부분으로 나누어져 있었다. 철책 사이의 8미터 내지 10미터 가량 되는 간격이 면회 온 사람과 죄수를 갈라놓고 있었다.

내 앞에 줄무늬 옷을 입고 얼굴이 햇볕에 그을린 마리가 보였다. 내가 서 있는 쪽에 다른 죄수들이 몇 명 더 있었는데 대부분 아랍인들이었다. 마리는 모르는 사람들에게 둘러싸여, 두 여자 사이에 끼여 있었다. 한 명은 입술을 꼭 다물고 검은색 옷을 입은 키가 자그마한 노파였고, 또 한 명은 맨머리 바람의 뚱뚱한 여자였는데 몸짓을 많이 하며 목소리를 높여 지껄이고 있었다. 철책 사이의 거리 때문에 면회 온 사람이나 죄수들은 큰 목소리로 이야기하지 않으면 안 되었다.

방 안에 들어섰을 때 커다랗고 번번한 바람벽에 튀어 울리는 소란한 목소리와, 하늘로부터 유치장 위로 쏟아져 방 안으로 퍼지는 거센 빛 때문에 나는 얼떨떨했다. 나의 감방은 좀더 조용하고 어두웠다. 그래서 그곳에 익숙해지기까지는 시간이 좀 필요했다. 마침내 나는 밝은 빛에 드러난 얼굴들을 똑똑히 볼 수 있게 되었다.

간수 한 사람이 철책 사이의 복도 끝에 앉아 있는 것이 보였다. 아랍인 죄수들과 그 가족들은 대부분 서로 마주 웅크리고 앉아 있었다. 그들은 소리를 지르지는 않았다. 매우 소란스러운 가운데서도 나직이 말을 해 서로 의사가 통하는 것이었다. 밑으로부터 올라오는 그들의 희미한 속삭임은 그들의 머리 위에서 교착하는 말소리에 대해 줄곧 일종의 저음을 이루고 있었다.

그러한 모든 것을 순식간에 알아보고 나는 마리에게로 다가섰다. 벌써 철책에 달라붙어서 마리는 있는 힘을 다하여 웃어 보이고 있었다. 나는 그녀가 매우 아름답다고 생각했으나 그런 말을 그녀에게 하지는 못했다.

"어때요?"

마리가 목소리를 가다듬으며 말했다.

"괜찮아."

"불편하진 않아요? 뭐 필요한 건 없어요?"

"아무것도 없어."

말이 끊어졌다. 마리는 여전히 웃고 있었다. 뚱뚱한 여자가 내 옆의 사내를 향해 울부짖고 있었다. 아마 그녀의 남편인 듯한 서글서글한 눈매를 가진 사내는 키가 큼직하고 금발이었다. 무슨 말인지, 그들은 대화를 계속하고 있었다.

"잔은 그 녀석을 붙잡으려고 하질 않아요." 하고 여자가 소리소리 지르고 있었다. "응, 그래?" 하고 사내가 말했다. "당신이 나오면 그 녀석을 꼭 붙잡을 거라고 말했지만, 그래도 붙잡으려고 하질 않아요." 그때 마리가 레이몽이 안부를 전하더라고 소리쳐 말해서 나는 고맙다고 대답했다. 내 목소리는 "그 녀석은 잘 있어?" 하고 묻는 옆 사내의 목소리에 묻혀 버리고 말았다. 그의 아내는 "아주 몸이 좋아졌어요." 하고 말하면서 웃었다. 내 왼쪽에 있던, 손이 가냘프고 키가 작은 청년은 아무 말이 없었다. 그는 자그마한 노파와 마주 대하고 뚫어지게 서로 쳐다보고 있었다.

그러나 나는 그들을 더 관찰할 여유가 없었다. 희망을 가져야 한다고 마리가 외쳤기 때문이다. 나는 "그야 그렇지." 하고 대답했다. 그와 동시에 나는 마리를 바라보고, 그녀의 옷 위로 어깨를 껴안고 싶었다. 나는 그 엷은 옷에 욕망을 느꼈다. 그리고 그 옷 이외의 무엇에 희망을 가질 것인지 알 수가 없었다. 마리가 하고자 한 말도 아마 그런 뜻이었으리라. 마리는 줄곧 웃음을 띠고 있었던 것이다. 이제 내 눈에는 그녀의 반짝이는 이와 눈의 잔주름밖에 보이지 않왔다. 마리가 다시 외쳤다.

"나오면 우리 결혼해요."

"글쎄." 하고 나는 대답했다. 하지만 그것은 무엇이고 말을 하기 위해서였다. 그러자 마리는 아주 빨리, 그리고 여전히 높은 음성으로 정말 그렇게 하자며 석방되면 또 해수욕을 하러 가자고 말했다.

옆에 있던 여자도 고함을 지르며 서기과에 바구니를 맡겼다고 말하고 그 속에 넣은 것들을 일일이 주워섬겼다. 돈을 많이 넣었으니 없어진 게 없나 확인해 볼 필요가 있다는 것이었다. 내 왼쪽에 있던 청년과 그 어머니는 여전히 서로 아무 말 없이 마주 보고 있었다. 아랍인들의 웅성거리는 소리는 발 밑에서 계속되고 있었다. 밖에서는 햇빛이 창문에 부딪혀 부풀어오르는 것 같았다. 그러더니 햇빛이 모든 사람들의 얼굴 위에서 산뜻한 즙(汁)처럼 흘러내렸다.

나는 몸이 좀 피곤해짐을 느껴 밖으로 나오고 싶었다. 시끄러운 소리 때문에 기분이 언짢았다. 그러면서도 한편으로는 마리를 좀더 보고 싶었다. 그 후로 얼마나 시간이 흘렀는지 모른다. 마리는 자신의 일에 대한 이야기를 하면서 끊임없이 웃었다. 속삭이는 소리, 외치는 소리, 주고받는 이야기 소리가 서로 부딪혔다. 내 옆에서 서로 마주 바라보고 있던 청년과 노파 두 사람만이 여전히 침묵의 고도(孤島)를 이루고 있었다.

하나씩 하나씩 아랍인들이 끌려 나갔다. 맨 앞사람이 나가자 거의 모든 사람이 동시에 말을 중단했다. 키가 작은 노파가 철책 창

살로 다가섰다. 그와 동시에 간수가 그의 아들에게 몸짓을 했다. "안녕히 가세요, 어머니." 하고 아들이 말하자, 노파는 창살 사이로 손을 들이밀어 아들에게 천천히 그리고 조그맣게 오래도록 손짓을 했다.

노파가 나가는 동안 남자 한 명이 모자를 손에 들고 들어와 자기 자리에 섰다. 그러자 한 사람이 끌려 들어왔다. 그들은 기분 좋게 이야기를 시작했는데 목소리는 낮았다. 방 안이 다시금 조용해졌기 때문이었다. 내 오른쪽에 있던 사내가 불려 나갈 차례가 되자, 그의 아내는 소리를 크게 지를 필요가 없어진 것을 알아차리지 못한 듯이 어조를 낮추지 않고 말했다.

"몸조심하시고, 주의하셔야 돼요."

내 차례가 됐다. 마리는 키스를 보낸다는 시늉을 했다. 나는 방을 나서기 전에 돌아다보았다. 마리는 얼굴을 창살에 기대고, 여전히 언짢고 찡그린 듯한 웃음을 지으며 우두커니 서 있었다.

마리가 편지를 보낸 것은 그로부터 얼마 후의 일이다. 내가 이야기하고 싶지 않았던 일이 시작된 것은 그때부터였다. 어쨌든 무엇이나 과장은 하지 말아야 하는 법인데, 그것은 다른 사람들에 비해 내게는 별로 어렵지 않은 일이었다.

처음에 형무소에 수감되었을 때 가장 괴로웠던 것은, 자유로운 사람들이 할 수 있는 일을 생각하는 것이었다. 가령 바닷가로 가서 물속에 뛰어들고 싶은 욕망이 생기곤 했다. 발 밑의 풀에 부딪히는 첫 물결 소리, 물속에 몸을 담갔을 때의 촉감, 그리하여 느끼는 해방감, 그러한 것들을 상상할 때 갑자기 나는 감옥의 담벼락이 얼마나 나를 답답하게 둘러싸고 있는지를 느꼈다. 그것이 몇 달 동안 계속되었다. 그 다음에는 죄수로서의 생각밖에 없었다. 나는 매일 뜰 안에서 하는 산책 시간 아니면 변호사의 방문을 기다리는 것이었다. 나머지 시간은 그럭저럭 보낼 수 있었다.

그 당시 만약 내가 마른나무 밑동 속에 들어가 살게 되고, 그래서 머리 위의 하늘에 피는 꽃을 바라보는 것밖에 다른 하는 일이 아무것도 없게 되었더라도, 차츰 그런 생활에 익숙해졌을 것이라고 생각했었다. 그러면 나는 지나가는 새들이나 마주치는 구름들을 기다렸을 것이다. 마치 여기서 변호사의 괴상한 넥타이가 나타나기를 기다리듯이, 또 저 바깥 세상에서 마리의 육체를 껴안을 것을 생각하며 토요일까지 참고 기다렸듯이.

그런데 결국 생각해 보면 나는 마른나무 밑동 속에 들어 있는 것도 아니었고, 나보다 더 불행한 사람들도 있었다. 내 어머니의 생각도 그와 같아서 어머니가 늘 말하기를, 사람은 무엇에나 결국은 익숙해지는 법이라고 했다. 그리고 가끔은 그런 지경에까지는 이르지 않는 것이었다.

처음 몇 달 동안은 괴롭기는 했지만, 바로 그것을 이겨내는 노력이 그 몇 달 동안을 지내는 데 도움이 된 것이다. 가령 여자에 대한 욕정이 고통거리였다. 나는 젊었으므로 그것은 당연한 일이었다.

그렇다고 마리만을 생각하는 것은 아니었고 그저 이런저런 여자들, 모든 기회에 좋아하여 사귀었던 많은 여자들을 생각했던 까닭에 나의 감방은 그 여자들의 얼굴로 가득 들어차고 나의 욕정으로 충만했다. 한편으로 그것들은 내 마음을 어지럽게 했으나, 또 한편으로는 시간을 보낼 수 있게 해 주었다.

나는 마침내 식사 시간에 식당 보이와 함께 오던 간수장의 동정을 얻게 되었다. 먼저 여자 이야기를 한 것은 그였다. 다른 사람들도 가장 견디기 어렵다고 호소하는 것이 그것이라고 했다. 나는 그에게 나도 다른 사람들과 마찬가지여서 이런 대우를 못마땅하게 생각한다고 말했다.

"그러나 당신네들을 감옥에 가두는 것은 그 때문이라오." 하고 그가 말했다.

"아니, 그 때문이라니요?"

"자유라는 것, 그것을 당신네들에게서 빼앗는 거란 말이오."

나는 그런 것을 생각해 본 일이 없었다. 나는 그에게 동의를 표시했다.

"하긴 그렇기도 합니다. 그렇지 않다면 징벌이라는 게 어디 있겠어요?"

"그럼요. 당신은 잘 이해하는데 다른 사람들은 그렇지 못해요. 그렇지만 결국 그네들도 스스로 괴로움을 덜게 되지요."

또 담배도 고통거리였다. 형무소에 처음 들어왔을 때 나는 허리

띠, 구두 끈, 넥타이, 그리고 주머니에 지니고 있던 모든 것, 특히 담배를 빼앗겼다. 감방으로 옮겨 와서 담배를 돌려 달라고 청해 보았지만 그것은 금지되어 있다는 것이었다. 처음 며칠 동안은 매우 괴로웠다. 내가 가장 고통을 당한 것은 아마 이것이었을 것이다.

나는 침대 판자를 뜯어서 그 나뭇조각을 빨곤 했다. 온종일 구역질이 나서 견딜 수가 없을 지경이었다. 아무에게도 해가 되지 않는 그것을 왜 압수해 버리는 것인지 알 수가 없었다. 그 후 나는 그것도 징벌의 일부임을 깨달았다. 그러나 그때쯤에는 이미 담배를 피우지 않는 것에도 익숙해져서 그것이 내게는 어떠한 징벌도 되지 못했다.

그러한 불편을 제외하면 나는 그다지 답답하지 않았다. 거듭 말하지만, 문제는 다만 시간을 어떻게 보내느냐 하는 것이었다. 과거를 되새기는 방법을 알고 난 뒤로는 심심해서 괴로운 일도 없게 되었다. 이따금 나는 내 방을 생각했다. 그 한구석에서 시작하여 한 바퀴 돌아서 다시 원점으로 되돌아오는 것인데, 그러기 위해서는 방 안에 있는 것을 모두 머리 속으로 따져 보곤 했다.

처음에는 아주 빨리 끝나 버렸는데 그 후로 다시 되풀이할 때마다 조금씩 시간이 늘어나는 것이었다. 왜냐하면 가구 하나하나를 전부 생각하고, 그 가구 속에 들어 있는 물건들을 모두 하나씩 생각했고, 또 각 물건마다 세밀한 곳까지 생각하고, 그러한 세밀한 점들, 누각이라든가 홈이라든가 깨진 귀라든가, 그런 것들에 관해서는 그 빛깔이나 무늬 같은 것을 생각했기 때문이다. 그와 동시에 나는 내 재산 목록에 무엇 하나 빠짐없이 온전한 일람표를 만들려고 애썼다. 그리하여 몇 주일 후에는 내 방 안에 있는 물건들을 따져 보는 것만으로도 여러 시간을 보낼 수 있게 되었다.

그처럼 생각을 하면 할수록 나는 무관심했던 것, 잊어버렸던 것들을 기억으로부터 이끌어 낼 수 있었다. 그때 나는 단 하루만 산 사람이라도 백 년쯤은 쉽사리 감옥에서 살 수 있을 것이라고 생각했다. 그런 사람이라도 얼마든지 추억할 거리가 있어 심심하지는 않을 것이다. 어떻게 생각하면 그건 편리할 일이었다.

또 잠도 고통거리였다. 처음에는 밤에도 잘 수 없었고 더군다나 낮에는 전혀 잘 수 없었다. 그러나 차츰 밤에 자는 데 익숙해졌으며 낮에도 잘 수 있게 되었다. 마지막 몇 개월 동안은 하루에 열여섯 시간 내지 열여덟 시간씩 잤다고 할 수 있다. 그래서 남는 것은 여섯 시간이었는데, 그 시간은 식사며, 대소변이며, 추억이며, 체코슬로바키아의 이야기로 보내면 되는 것이었다.

사실 나는 밀짚 돗자리와 침대 판자 사이에서 오래된 신문 한 장을 발견했던 것이다. 천에 들러붙어서 노랗게 빛이 바래고 앞뒤가 비쳐 보였다. 첫 대목은 없어졌으나 체코슬로바키아에서 일어난 듯한 기사가 실려 있었다.

체코슬로바키아의 어떤 마을에서 한 남자가 돈벌이를 하러 떠났다가 25년 후에 부자가 되어서 아내와 어린아이 하나를 데리고 돌아왔다. 그의 어머니는 그의 누이와 함께 고향에서 여관을 운영하고 있었다. 남자는 그들을 놀래 주려고 아내와 아이를 다른 여관에 남겨 두고 어머니의 집으로 갔는데, 어머니는 그를 알아보지 못했다. 그는 장난으로 방을 하나 잡고 돈을 보여 주었다. 한밤중에 그의 어머니와 누이는 그를 망치로 때려죽이고 돈을 훔친 다음 시체를 강물 속에 던져 버렸다. 아침이 되어 남자의 아내가 와서 무심코 남자의 신분을 밝혔다. 어머니는 목을 매고 누이는 우물 속에 빠져 죽고 말았다.

나는 그 이야기를 아마 수천 번은 읽었을 것이다. 한편으로 그것은 사실 같지 않은 이야기였지만, 또 한편으로는 그럴 법도 한 이야기였다. 어쨌든 그런 결과에 대해서는 남자에게도 좀 책임이 있고, 장난이란 함부로 할 것이 아니라고 나는 생각했다.

그렇게 잠을 자고, 지나간 일을 생각하고, 신문 기사를 읽는 동안 빛과 어둠이 잦아들고 시간은 흘렀다. 감옥에 있으면 시간 관념을 잃어버리고 만다는 것을 읽은 적이 있었지만, 그때는 그러한 것이 내게 특별한 의미를 주지 못했다. 하루하루가 얼마나 길고 동시에 짧을 수 있는 것인지 나는 알지 못했던 것이다. 하루를 보내기는 물론 길었지만, 어찌나 길게 늘어나던지 하루하루가 넘쳐서 서로 겹치고 마는 것이었다. 세월이라는 이름을 잃어버리게 되었다. 내게는 어제 그리고 내일이라는 말만 의미를 잃지 않았을 뿐이었다.

어느 날 내가 감방에 들어온 지 다섯 달이 지났다는 말을 간수로부터 들었을 때, 나는 그의 말을 믿었으나 그 말을 이해할 수가 없었다. 나로서는 언제나 같은 날이 내 감방에서 일어났고 언제나 같은 일을 계속하고 있었던 것이다. 그날 간수가 돌아간 뒤에 나는 쇠로 만든 밥그릇에 비친 내 얼굴을 들여다보았다. 내 모습은 아무리 마주 보며 웃으려고 해도 무뚝뚝한 채로 있는 듯했다. 나는 그 모습을 눈앞에서 흔들고 빙그레 웃었으나 비쳐진 얼굴은 여전히 무뚝뚝하고 슬픈 표정이었다.

날이 저물어 가고 있었다. 그것은 나로서는 이야기하고 싶지 않은 때, 뭐라 형언할 수 없는 그런 때였다. 형무소 아래층의 여기저기로부터 저녁 소리가 정적의 침묵 속으로 올라오는 그러한 때였다. 나는 천장으로 뚫린 창문으로 다가가서 마지막 빛 속에 내 모습을 들여다보았다. 여전히 무뚝뚝한 표정이었으나 놀라울 것도 없었다. 사실 그때 나는 무뚝뚝한 얼굴을 하고 있었으니까.

그러나 그와 동시에 몇 달 전 이후 처음으로 나는 내 목소리를 똑똑히 들었다. 나는 그것이 오래전부터 내 귀에 울리고 있었던 소리임을 알아차리고 그동안 나는 혼자서 이야기를 하고 있었다는 것을 깨달았다. 그때 나는 어머니의 장례식 날 간호사가 한 이야기를 생각했다. 정말 어찌할 도리가 없는 것이다. 그리고 형무소 안의 저녁이 어떤 것인지 아무도 상상할 수는 없는 것이다.

3

마침내 여름이 순식간에 지나가고 또다시 여름이 되었다. 첫 더위가 시작됨에 따라 내게 무슨 새로운 일이 생기리라는 것을 나는 예감하고 있었다. 내 사건은 중죄 재판소의 맨 마지막 회기에 심의할 예정으로 기록되어 있었는데 그 회기는 6월로 끝나는 것이었다. 변론이 시작되었을 때 밖에서는 햇빛이 쏟아지고 있었다. 변론이 2, 3일 이상은 계속되지 않을 것이라고 변호사는 장담했다.

"그리고 당신의 사건이 이번 회기에서 가장 중요한 것은 아니니까 재판정에서도 서두를 겁니다. 뒤이어 부모 살해 사건을 심의하게 될 것입니다." 하고 그는 덧붙였다.

나는 오전 7시 반에 불려 호송 차로 재판소까지 이송되었다. 다른 죄수들과 함께 헌병 두 사람의 호위 하에 어둠침침하고 조그만 방 안으로 들어갔다. 우리는 거기에 앉아서 기다렸는데 옆으로 난 문 뒤에서는 말소리, 호명 소리, 의자 소리, 그리고 동네 명절 놀이에서 음악 전주가 끝나고 춤을 출 수 있도록 방 안을 정리할 때를 연상케 하는 시끌벅적한 소리가 들려왔다.

헌병들은 재판이 열리기까지 좀 기다려야 한다고 말하고, 그중 한 명은 내게 담배를 권했으나 나는 거절했다. 조금 후에 헌병이 "두렵소?" 하고 묻기에 나는 아니라고 대답했다. 어떤 의미로는 재판 광경을 지켜본다는 것이 흥미 있는 일이기까지 했다. 나는 여태껏 재판 광경을 한 번도 본 적이 없었던 것이다. "그야 볼 만하지요. 그렇지만 나중엔 싫증나요." 하고 또 다른 헌병이 말했다.

이윽고 방 안에 조그만 벨 소리가 울렸다. 헌병들은 내 수갑을 풀고 문을 열어 나를 피고석으로 데리고 갔다. 법정에는 사람들이 꽉 들어차 있었다. 커튼이 드리워져 있었으나 햇빛이 여기저기 새어 들어와서 공기는 숨이 막힐 지경이었다. 유리창은 닫혀 있었다. 나는 의자에 걸터앉았고, 헌병들도 내 양 옆에 자리를 잡았다.

내 앞에 나란히 열을 지어 앉아 있는 얼굴들이 눈에 뜨인 것은 바로 그때였다. 모두 나를 바라보고 있었다. 나는 그들이 배심원이라는 것을 깨달았다. 그러나 그 얼굴들의 특징을 나는 말할 수가 없다. 내가 받은 인상은 단 하나밖에 없었다. 말하자면 나는 전차의 좌석을 눈앞에 보고 있는 것이어서 그 이름 모를 승객들이 호기심 많은 눈빛으로 새로 타는 승객을 훑어보는 것 같았다. 그러나 그것은 어리석은 생각이라는 것을 나는 잘 알고 있었다. 왜냐하면 그들 배심원이 찾고 있던 것은 흥밋거리가 아니라 죄였으니까 말이다. 다만 그 차이는 그리 큰 것이 아니고, 어쨌든 나의 머리를 스친 것이 그러한 생각이었던 것이다.

나는 또 그 닫힌 방 안에 가득 찬 사람들 때문에 좀 어리둥절했다. 법정 안을 둘러보았으나 어느 얼굴 하나도 분간할 수가 없었다. 처음에 나는 그 모든 사람들이 나를 보려고 모여들었다는 사실을 이해할 수가 없었다. 여태껏 사람들은 나에게 관심을 갖고 있지 않았던 것이다. 내가 그러한 웅성거림의 원인을 이해하기 위해서는 노력이 필요했다.

"웬 사람들이 이렇게 많지요?" 하고 내가 헌병에게 물었더니 헌병은 신문 기사 때문이라고 대답하고, 배심원석 아래쪽 책상 옆에 자리 잡은 사람들을 가리키며 "저기들 와 있군." 하고 말했다. "누구 말이오?" 하고 내가 물었더니 "신문 기자들 말이에요." 하고 그가 다시 말했다.

헌병은 기자 한 사람을 알고 있었는데 그 기자가 그때 헌병을 보고 우리에게로 걸어왔다. 꽤 나이가 많고, 얼굴이 약간 일그러져 있으나 호감이 가는 사내였다. 그는 매우 다정스럽게 헌병의 손을 잡았다. 그때 나는 마치 클럽에서 같은 동아리 사람들끼리 서로 만나 즐거워하듯, 모든 사람들이 서로 아는 얼굴을 찾아서 이야기를 걸고, 주고받고 하는 것을 보았다. 또 나는 어쩐지 불청객 같고, 그 자리엔 필요 없는 존재라는 기묘한 생각이 들었다. 그러나 신문 기자는 미소를 지으면서 나에게 말을 걸었다. 그는 모든 것이 내게 유리하게 되기를 바란다고 말했다. 나는 고맙다고 했다.

그리고 그가 덧붙여 말했다.

"우리는 당신의 사건을 좀 선전했습니다. 여름철은 신문으로서는 경기가 좋지 않은 때거든요. 기삿거리가 될 만한 것이라곤 당신 사건하고 부모 살해 사건밖에 없었어요."

그리고 그가 자리에서 일어나 이쪽으로 오기 방금 전에 같이 앉아 있던 사람들 가운데, 두더지처럼 뚱뚱하고 검은 테의 큼직한 안경을 쓴 키가 자그마한 사내를 가리켜 《파리 신문》의 특파원이라고 말했다.

"당신 사건 때문에 온 건 아닙니다. 부모 살해 사건에 관한 취재를 하러 왔는데, 당신 사건도 기사로 만들어 보내려는 거지요."

그 말에 대해서 나는 하마터면 고맙다고 할 뻔했다. 그러나 곧 그것은 우스운 일이라는 생각이 들었다. 기자는 나에게 조그맣고 다정스러운 손짓을 해 보이고 가 버렸다. 우리는 또 몇 분 동안 더 기다렸다.

나의 변호사는 법관복을 입고 여러 동료들에게 둘러싸여 들어왔다. 그는 신문 기자들에게 가서 악수를 했다. 그들은 서로 농담을 주고받으며 웃는 등 마치 아무 일도 없다는 듯한 태도였는데, 마침내 법정 안에 요란스럽게 벨이 울렸다. 모두들 자기 자리로 가서 앉았다. 나의 변호사는 내게로 와서 손을 잡아 흔들며, 질문을 받으면 간단하게 대답하고 내 쪽에서 먼저 뭐라고 말하지 말라 하고, 그 밖의 일은 자기에게 맡기라고 귀띔했다.

왼편에서 의자를 뒤로 당기는 소리가 들리더니 붉은 법관복을 입고 안경을 코에 걸친, 키가 크고 호리호리한 사내가 조심스럽게 옷을 추스르며 앉는 것이 보였다. 그는 검사였다. 서기 한 사람이 개정을 선고했다. 동시에 두 개의 커다란 선풍기가 윙윙거리며 돌아가기 시작했다. 판사 세 사람이, 둘은 검정 옷을 입고 하나는 붉은 옷을 입었는데, 서류를 가지고 들어와서 실내를 한눈에 내려다볼 수 있는 단으로 빨리 걸어 올라갔다. 붉은 옷을 입은 사내가 가운데에 자리를 잡고 앉아서 둥근 모자를 벗어 앞에 놓고 조그만 대머리를 손수건으로 닦고 나서 재판 개시를 선언했다.

신문 기자들은 벌써 만년필을 손에 들고 있었다. 그들은 모두 무관심하고 비웃는 듯한 태도였다. 그런데 플란넬 옷을 입고 푸른색 넥타이를 맨 매우 젊은 청년 한 명이 만년필을 앞에 놓은 채 나를 바라보고 있었다. 약간 균형이 잡히지 않은 듯한 그 얼굴에서 내게는 매우 맑은 두 눈밖에 보이지 않았다. 그 눈은 물끄러미 나를 바라보고 있었는데 이렇다 할 아무것도 표현하지 않고 있었다. 나는 나 자신이 나를 바라보고 있는 듯한 묘한 착각이 들었다.

아마도 그 때문에, 그리고 또 내가 그곳의 관습을 몰랐기 때문에 나는 뒤이어 일어난 모든 일을 잘 이해할 수가 없었던 모양이다.

배심원의 추첨, 변호사・검사・배심원들에 대한 재판장의 질문(질문을 받을 때마다 배심원들의 머리가 일제히 재판장석으로 향했다.), 기소장의 빠른 낭독—그 속에서 나는 지명들과 인명들을 알아들을 수 있었다.—그리고 다시 변호사에 대한 질문.

재판장은 증인 호출을 하겠다고 말했다. 서기가 증인의 이름들을 불렀다. 그것이 내 관심을 집중시켰다. 여태까지 소란했던 방청객들 속에서 한 사람씩 일어나서 옆문으로 사라지는 것이 보였다. 양로원 원장, 문지기, 페레 영감, 레이몽, 마송, 살라마노, 마리.

마리는 나에게 조그맣게 근심스러운 몸짓을 해 보였다. 나는 그들이 여태껏 눈에 띄지 않았던 것을 이상스럽게 여기고 있었는데 바로 그때, 마지막으로 이름이 불려서 셀레스트가 일어섰다. 그의 곁엔 언젠가 레스토랑에서 보았던, 키가 자그마한 여자가 그 재킷을 입고 정확하고 결단성 있는 자세로 앉아 있는 것이 보였다. 그녀는 나를 뚫어지게 쳐다보고 있었다. 그러나 재판장이 다시 이야기를 시작하여 나는 생각해 볼 시간적 여유가 없었다.

재판장은 지금부터 정식 변론이 시작될 것이라는 말을 하고 나서, 방청객들에게 조용하기를 요청할 필요조차 없을 것이라 생각한다고 말했다. 그의 말에 따르면, 사건의 변론을 공명정대하게 진행시키는 것이 자기의 의무이며, 자기는 사건을 객관적인 눈으로 판단하려 한다는 것이었다. 배심원들이 내리는 결정은 정의의 정신에 입각해야 할 것이며, 어쨌든 조그만 사고라도 있으면 방청객들의 퇴장을 명할 것이라고 했다.

더위가 점점 심해져 방청객들이 신문지로 부채질을 하는 모습이 보였다. 구겨진 종이 소리가 잇따라 났다. 재판장이 손짓을 하자 서기가 짚으로 엮은 부채 세 개를 가져왔다. 세 사람의 판사가 곧바로 그것을 사용했다.

곧 심문이 시작되었다. 재판장은 나에게 부드럽고 다정스러워 보이기까지 하는 어조로 질문을 했다. 다시금 나의 신상에 관한 질문을 해서 귀찮기는 했으나, 어쩌면 그것은 당연한 일이라고 생각했다. 왜냐하면 어떤 사람을 다른 사람으로 잘못 알고 재판을 한다면 그건 너무나 중대한 일일 것이기 때문이다.

재판장은 내가 한 일을 죽 얘기했는데, 두서너 마디 하고는 그때마다 "그렇지요?" 하고 내게 확인을 했다. 그럴 때마다 나는 변호사의 지시에 따라 "네, 그렇습니다." 하고 대답했다. 재판장은 매우 자세하게 이야기를 했으므로 시간이 오래 걸렸다. 신문 기자들은 줄곧 받아쓰고 있었다. 그러는 동안 나는 젊은 기자와 그 키가 자그마한 꼭두각시의 시선을 느끼고 있었다. 전차 의자 같은 좌석에 앉아 있는 배심원들은 모두 재판장 쪽으로 고개를 돌리고 있었다.

재판장은 기침을 하며 서류를 뒤적이고 나서 부채질을 하면서 내게로 몸을 돌렸다. 그는 나에게 이제부터 표면상으로는 내 사건과 아무 관계도 없는 듯이 보이지만, 실상은 매우 밀접한 관계에 있는 문제를 심의해야겠다고 말했다. 또 어머니의 이야기를 하려는 것이려니 생각하고, 동시에 그것이 내게는 몹시도 귀찮은 일임을 깨달았다.

왜 어머니를 양로원에 보냈냐고 재판장이 물었다. 나는 어머니를 모시고 부양할 돈이 없었기 때문이라고 대답했다. 그것이 나에게 가슴 아픈 일이었냐고 묻기에, 어머니도 그렇고 나도 그렇고 우리는 이미 서로 아무것도 기대할 것이 없었고, 또 누구에게도 기대하지 않았으며, 우리는 각자 새로운 생활에 익숙해져 버렸다고 대답했다. 그러자 재판장은 그 점에 관해서는 더 이상 논의하지 않겠다고 말한 다음, 검사에게 다른 질문이 없느냐고 물었다.

검사는 절반쯤 나에게 등을 돌리고 있었는데, 그는 나를 보지 않고 재판장의 허락을 얻어 내가 아랍인을 죽일 목적으로 혼자서 다시 샘으로 되돌아갔는지 알고 싶다고 말했다.

"아닙니다." 하고 내가 말했다.

"그렇다면 무기는 왜 가지고 있었으며, 또 그곳으로 돌아간 이유는 무엇이지요?"

그것은 우연이었다고 나는 대답했다. 검사는 냉담한 어조로 "지금은 그만하겠습니다." 하고 말했다.

그러고는 모든 것이 좀 모호했다. 적어도 나에게는 그랬다. 그러나 잠시 의논을 하고 나서 재판장은 폐정을 선언하고, 오후에는 증인 심문이 있을 것이라고 말했다.

나는 생각을 해 볼 겨를도 없었다. 끌려 나와서 호송 마차에 실려 형무소로 돌아와 점심을 먹었다. 매우 짧은 시간, 피곤함을 겨우 느낄 만한 시간이 지나자 나는 다시 불려 나갔다.

모든 것이 다시 시작되어 나는 같은 방 안에, 같은 얼굴들 앞에 앉아 있었다. 다만 더위가 훨씬 더 심해져서 마치 기적이나 일어난 듯 모든 배심원들, 검사, 변호사, 그리고 몇몇 신문 기자들까지도 밀짚 부채를 손에 들고 있었다. 젊은 기자와 자그마한 그 여자도 여전히 거기에 있었다. 그러나 그들은 부채질을 하지 않고 아무 말도 없이 여전히 나를 바라보고 있었다. 나는 얼굴에 흐르는 땀을 닦았다. 그리고 양로원 원장의 이름이 불리는 것을 들었을 때에야 비로소 그곳과 나 자신에 대한 의식을 얼마만큼 회복할 수 있었다.

어머니가 내게 대해 불평하더냐는 질문에 원장은 그렇다고 대답하고, 그러나 가족들에 대한 불평은 재원자들의 일종의 습관이라고 말했다. 어머니가 양로원에 들어온 것에 대해서 나를 비난했었냐고 재판장이 따져 묻자, 원장은 또 그렇다고 대답했다. 그러나 이번에는 아무 설명도 덧붙이지 않았다.

또 다른 질문에, 그는 장례식 날 냉정한 나를 보고 놀랐다고 대답했다. 냉정했다는 것이 무슨 의미인지 판사가 물었다. 원장은 발부리를 내려다보고 나서, 내가 어머니의 시신을 보려고 하지 않았고, 한 번도 눈물을 흘리지 않았으며, 장례식이 끝난 뒤에도 무덤 앞에서 묵도를 하지 않고 곧 물러났다고 말했다. 그를 놀라게 한 일이 또 하나 있었다. 장의사의 일꾼 한 사람으로부터 내가 어머니의 나이를 모르더란 말을 들었다는 것이었다.

잠시 침묵이 흐른 뒤, 재판장은 원장에게 지금까지 한 말이 확실히 나에 관한 것임에 틀림없냐고 물었다. 원장이 그 질문의 뜻을 알아차리지 못한 것으로 안 재판장은 "법률상 그렇게 하는 것입니다." 하고 말했다. 그리고 재판장이 차장 검사에게 증인에 대한 질문이 없느냐고 묻자 검사는 이렇게 외쳤다.

"아, 없습니다. 그것으로 충분합니다."

그 목소리가 하도 억세고, 내게로 향한 그 승리의 표정을 지닌 눈초리가 어찌나 살벌하던지 나는 여러 해 만에 처음으로 울고 싶은 생각이 들었다. 그 모든 사람들이 나를 얼마나 미워하고 있는지 느낄 수 있었기 때문이었다.

재판장은 배심원들과 나의 변호사에게 질문이 없는지 묻고 나서, 문지기의 진술을 들었다. 그에게도 다른 모든 증인들과 마찬가지로 같은 격식의 절차가 되풀이되었다. 문지기는 증인대에 나와 서면서 나를 바라보고는 눈길을 돌렸다. 그는 질문에, 내가 어머니를 보고 싶어하지 않았다는 것, 담배를 피웠다는 것, 잠을 자고 밀크 커피를 마셨다는 것을 말했다. 그때 나는 온 장내를 솟구치게 하는 그 무엇을 느끼고 새삼스레 나 자신이 죄인이라는 것을 깨달았다. 재판장은 문지기에게 밀크 커피 이야기와 담배에 관한 이야기를 한 번 더 시켰다. 차장 검사는 조소의 빛을 띤 눈초리로 나를 바라보았다. 그때 나의 변호사가 문지기에게 그도 나와 함께 담배를 피우지 않았냐고 물었다. 이 질문에 검사가 벌떡 일어서며 소리쳤다.

"도대체 누가 죄인입니까? 증언의 불리함을 숨기기 위해 검찰 측 증인에게 뒤집어씌우는 것은 언어도단입니다. 어차피 증언이 치명 적임에는 변함이 없습니다."

그렇지만 재판장은 질문에 대답하라고 문지기에게 말했다.

"제가 잘못했다는 것은 잘 압니다. 그러나 저분이 권하는 담배를 거절하기가 미안해서 그랬습니다."

문지기는 당황한 빛으로 말했다.

마지막으로 나에게 덧붙여 할말이 없느냐고 물었다.

"없습니다. 다만 증인의 말이 옳다는 것을 말씀드립니다. 내가 그 에게 담배를 권한 것은 사실입니다." 하고 말했다.

그때 문지기는 약간의 놀라움과 일종의 안도의 빛이 보이는 표 정으로 나를 바라보았다. 그는 잠시 망설이더니 밀크 커피를 권한 것은 자기라고 말했다. 나의 변호사는 기세가 등등하여 배심원들은 그것을 충분히 고려해야 한다고 외쳤다. 그러자 검사가 우리의 머 리 위로 벼락같이 소리를 질렀다.

"물론 배심원들께서는 그것을 고려하실 겁니다. 그리고 배심원들 께서는 아무 관계도 없는 사람으로서는 커피를 권할 수도 있었겠지 만, 아들의 입장에서는 자기를 낳아 준 어머니의 시신 앞에서 당연 히 그것을 거절했어야 옳은 것이라는 결론을 내릴 것임에 틀림없습 니다."

문지기는 자기 자리로 돌아갔다. 토마 페레의 차례가 되었을 때는, 서기가 그를 증인대까지 부축하지 않으면 안 되었다. 특히 그는 어머니를 알고 있었고, 장례식 날 나를 한 번 만났을 뿐이었다고 말했다. 그는 그날 내가 무엇을 했는가 하는 질문에 대답했다.

"저는 그날 너무 슬퍼서 아무것도 보지를 못했습니다. 가슴속의 슬픔 때문에 아무것도 눈에 보이지 않았어요. 내게는 매우 슬픈 일이었으니까요. 그래서 기절까지 한 겁니다. 그래서 저 사람을 보지 못했습니다."

차장 검사는 내가 눈물을 흘리는 것을 보았냐고 물었다. 페레는 보지 못했다고 대답했다. 그러자 이번에는 검사가 말했다.

"배심원들께서는 이 점을 고려하시기 바랍니다."

그러자 나의 변호사는 지나치게 화를 내며 목청을 높여, 페레에게 내가 눈물을 흘리지 않는 것을 보았냐고 물었다. 페레는 보지 못했다고 대답했다. 방청객들이 웃었다. 나의 변호사는 한쪽 소매를 걷어붙이면서 단호한 어조로 말했다.

"이 사건은 모두가 이 모양입니다. 모든 것이 사실이라지만 사실인 것은 하나도 없습니다."

검사는 무표정한 얼굴로 기록 문서의 제목을 연필로 누르고 있었다.

휴식으로 5분간 쉬는 사이에 변호사는 모든 게 잘되어 간다고 말했다. 휴식이 끝나자 피고인의 요구로 호출된 셀레스트의 진술이 시작되었다. 나의 처지를 변호하기 위한 것이었다. 셀레스트는 때때로 나에게 시선을 던지며 두 손으로 파나마 모자를 돌리고 있었다. 그는 새 옷을 입고 있었는데, 그것은 가끔 일요일 날 나와 함께 경마 구경을 갈 때 입던 옷이었다. 그러나 칼라는 붙일 수가 없었던지 셔츠를 구리 단추로 채웠을 따름이었다.

내가 그의 손님이었느냐는 질문에 그는, "그렇습니다. 그리고 또 친구이기도 했습니다." 하고 말했다. 나를 어떻게 생각하느냐는 물음에 대해선 나를 사나이라고 했다. 사나이란 무슨 뜻이냐고 묻자, 그것이 무슨 뜻인지는 누구나 다 안다고 했다. 내가 마음속으로 죽치고 드는 성격을 가진 것을 알고 있느냐는 질문에는, 다만 내가 실없는 말을 하지 않는 사람이었음을 인정했다. 내가 음식 값은 어김없이 치렀느냐고 차장 검사가 묻자, 셀레스트는 웃으며 말했다.

"그건 우리 두 사람 사이의 사사로운 일입니다."

다시 나의 범죄를 어떻게 생각하느냐는 질문을 받자, 그는 증인대 위에 손을 올려놓았다. 할말을 미리 준비한 것이 틀림없었다.

"나의 생각으로는 그건 하나의 불행입니다. 불행이 어떤 것인지는 누구나 압니다. 불행이라는 건 어찌할 도리가 없습니다. 확실히 내 생각으로는 그건 하나의 불행입니다."

그는 더 계속하려고 했으나 재판장이 그만해도 좋다고 말했다. 셀레스트는 약간 당황했지만 좀더 이야기를 하고 싶다고 말했다. 재판장은 짧게 이야기를 하도록 허락했다. 셀레스트는 또다시 그것은 하나의 불행이라고 되풀이했다. 그러자 재판장이 말했다.

"네, 그것은 알았어요. 그러나 우리가 할 일은 그러한 불행을 심판하는 것입니다. 수고하셨습니다."

요령껏 성의를 다했으나 그만 어쩔 수 없었다는 듯이 셀레스트는 내게로 고개를 돌렸다. 눈은 번쩍이고 입술은 떨리고 있는 것 같았다. 나를 위해 자기가 좀더 할 수 있는 일은 무엇일까, 내게 묻고 있는 듯했다. 나는 아무 말도 하지 않고 아무런 동작도 하지 않았으나, 한 사람의 인간을 껴안고 싶은 마음이 우러난 것은 그때가 처음이었다.

재판장은 그에게 증인대로부터 물러가도록 명령했다. 셀레스트는 법정의 좌석으로 가서 앉았다. 나머지 심문이 끝날 때까지, 그는 우두커니 몸을 앞으로 약간 기울여 무릎에 팔꿈치를 괸 채 파나마 모자를 두 손으로 잡고 모든 이야기에 귀를 기울이고 있었다.

마리가 들어왔다. 모자를 쓰고 있었는데 역시 아름다웠다. 그러나 나는 머리카락을 풀어놓았을 때가 더 좋았다. 내가 앉아 있는 곳에서도 그녀의 볼록한 젖가슴의 무게를 엿볼 수 있었다. 아랫입술이 약간 부푼 듯한 것도 여전했다. 매우 신경이 곤두서 있는 것 같았다.

곧 그녀는 언제부터 나를 알았느냐는 질문을 받자, 우리 회사에서 같이 일하던 시기를 설명했다. 재판장은 나와 어떤 사이인지를 알고 싶어했다. 나의 친구라고 마리가 말했다. 또 다른 질문에 대해, 나와 결혼하게 되어 있었던 것은 사실이라고 대답했다. 갑자기 서류를 뒤적이고 있던 검사가 언제부터 우리의 관계가 시작되었냐고 물었다. 마리는 그 날짜를 말했다. 검사는 태연한 기색으로 그것은 어머니의 장례식이 있은 다음날인 것 같다고 지적했다.

그러고는 약간 비웃는 말투로, 그 같은 미묘한 사정을 더 캐묻고 싶지는 않지만, 또 마리의 염려를 모르는 바 아니지만, 그러나(여기서 그의 어조가 무뚝뚝해졌다.) 그는 자기의 의무상 부득이 예의를 초월할 수밖에 없다고 말했다. 그러고 나서 마리에게 나와 관계를 맺게 된 그날 하루의 일을 요약해서 말하라고 했다. 마리는 이야기하고 싶어하지 않았으나 검사의 강권에 못 이겨 해수욕장에 갔던 일, 영화 구경을 갔던 일, 그리고 둘이서 나의 집으로 돌아왔던 일을 이야기했다.

차장 검사는 예심에서 마리의 진술을 듣고 그날 영화의 프로그램을 조사해 보았다고 말한 다음, 그때 무슨 영화를 보았는지 마리 자신의 입으로 말해 주기 바란다고 덧붙였다. 결국 마리는 거의 질린 목소리로 그것은 페르낭델이 출연한 영화였다고 말했다. 그녀의 말이 끝나자 장내가 조용해졌다. 그때 검사가 일어서서 심각하게, 참으로 감동된 듯한 목소리로, 내게 손가락질을 하며 천천히, 또박또박 끊어 말했다.

"배심원 여러분, 이 사람은 어머니의 장례식이 있은 바로 다음날 해수욕을 하고 부정한 관계를 맺기 시작하고 희극 영화를 보고 좋아한 것입니다. 다시 더 말할 필요조차 없습니다."

계속된 침묵 가운데서 검사는 말을 맺고 앉았다. 갑자기 마리가
흐느껴 울기 시작했다. 그러면서 그것은 사실이 아니고, 사람들이
억지로 자기가 생각하는 것과는 반대로 말하게 시켰고, 자기는 나
를 잘 알고, 나는 아무것도 나쁜 짓을 하지 않았다고 말했다. 그러
나 재판장이 손짓을 하자 서기가 마리를 데리고 나갔고, 심문은 다
시 계속되었다.

마송이 나서서, 나는 얌전한 사람이며 '뿐만 아니라 성실한 사람'
이라고 증언했지만 거의 아무도 들어 주는 사람이 없었다. 살라마
노 영감도 내가 그의 개의 일로 퍽 친절했다고 말하고, 나와 어머
니에 관한 질문에 대해 나는 어머니에게 할말이 아무것도 없었고
그 때문에 내가 어머니를 양로원에 보낸 것이라고 대답했으나, 역
시 들어 주는 사람이 거의 없었다. "알아주셔야 합니다. 알아주시기
바랍니다." 하고 살라마노 영감이 말했다. 그러나 관심을 가지려는
사람은 하나도 없는 것 같았다. 그도 끌려 나갔다.

뒤이어 레이몽의 차례가 되었다. 그가 마지막 증인이었다. 레이
몽은 나에게 슬쩍 손짓을 해 보이고 다짜고짜로 내게는 죄가 없다
고 말했다. 그러자 그에게 요구하는 것은 판정이 아니라 사실 증명
이라고 재판장이 말했다. 재판장은 그에게 질문을 받고 대답하라고
주의를 주었다.

그와 피해자가 어떤 관계인지를 묻는 질문이 있었다. 레이몽은

그 기회를 타서, 그가 피해자 동생의 뺨을 때린 다음부터 피해자가 미워하고 있던 것은 자기라고 말했다. 그러자 재판장은 피해자가 나를 미워할 이유가 없었는지를 물었다. 레이몽은 내가 바닷가에 같이 있었던 것은 우연이었다고 대답했다. 검사는 그러면 어째서 사건의 발단이 된 그 편지가 내 손으로 쓰여졌냐고 물었다. 레이몽은 그것도 우연이었다고 대답했다.

검사는 이 사건에서 이미 여러 번 우연은 진상을 왜곡했다고 반박했다. 레이몽이 그의 정부의 뺨을 때렸을 때 내가 말리지 않은 것도 우연인가, 내가 경찰서에 가서 증인이 되었던 것도 우연인가, 그때의 나의 증언이 순전히 호의적이었던 것도 우연인가 알고 싶다고 했다. 그는 끝으로 직업이 무엇이냐고 레이몽에게 물었다. '창고 감독'이라고 레이몽이 대답하자, 차장 검사는 배심원들에게 증인이 기둥서방 노릇을 업으로 하고 있다는 것은 누구나 다 아는 사실이라고 말했다. 나는 그의 공범자요 친구이며, 그러므로 나의 사건은 가장 비열한 종류의 음란한 범죄 사건이고, 더욱이 피고는 흉악하기 짝이 없는 파렴치한이라는 것이었다.

레이몽이 변명을 하려 했고 나의 변호사도 항의를 했으나, 재판장은 검사의 이야기를 끝까지 들어야 할 것이라고 말했다. 검사는 "나는 더 길게 말하지 않겠습니다." 하고 말한 다음 레이몽에게 "피고는 당신의 친구였습니까?" 하고 물었다. "그렇습니다. 내 친구였습니다." 하고 레이몽이 대답했다. 그러자 검사가 내게도 같은 질문을 하여 나는 레이몽을 바라보았다. 그는 내게서 눈을 돌리지 않았다. "그렇습니다." 하고 나는 대답했다.

그때 검사가 배심원들에게 돌아서며 말했다.

"어머니가 사망한 다음날 가장 수치스러운 정사에 골몰한 이 사람은, 대수롭지도 않은 이유로 뭐라 말할 수 없는 치정 사건의 결말을 지으려고 살인을 한 것입니다."

검사는 이야기를 마치고 앉았다. 그러자 나의 변호사는 참다못해 두 팔을 높이 쳐들며 외쳤다. 그 때문에 소매가 흘러내려 풀 먹인 셔츠의 주름이 드러나 보였다.

"도대체 피고가 어머니를 매장한 것으로 기소된 것입니까, 살인을 한 것으로 기소된 것입니까?"

방청객들이 웃었다. 그러자 검사가 다시 일어나서 법관복을 바로잡아 몸에 휘감고 나서, 존경할 만한 변호인이 순진성을 갖지 않고서는 그 두 가지 사실 사이에 근본적이며 충격적이요 본질적인 관계를 느끼지 않을 수 없다고 분명하게 말했다. "그렇습니다." 하고 그는 매몰차게 외쳤다. "범죄의 마음을 가지고 자신의 어머니를 매장했으므로 나는 이 사람의 죄를 논고하는 것입니다."

이 논고는 방청객들에게 커다란 효과를 발휘했다. 변호사는 어깨를 들썩여 보이며 이마에 흐르는 땀을 닦았다. 그러나 그 자신도 동요된 빛을 보였고, 상황은 결코 내게 유리하지 못하다는 것을 나는 깨달았다.

그러고는 모든 것이 빨리 진행되었다. 심문이 끝나고 재판소를 나와 차를 타러 가면서, 나는 매우 짧은 시간 동안 여름 저녁의 냄새와 빛을 느꼈다. 어두컴컴한 호송 차 속에서 나는 내가 좋아했던 어떤 도회지의 거리며, 이따금 스스로 만족감을 느끼던 어떤 시간에 귀에 익숙했던 소리들을, 마치 자신의 피로한 마음속으로부터 찾아내듯이 하나씩 다시 들을 수 있었다.

이미 누그러진 대기 속으로 들려오는 신문 장수들의 고함 소리, 공원 속의 마지막 새소리, 샌드위치 장수의 부르짖음, 높은 시가지의 휘어진 길목에서 울리는 전차의 기적 소리, 그리고 항구 위로 밤이 내리려는 무렵 하늘에 반향을 일으키는 어렴풋한 소리, 그러한 모든 것이 내게는 장님이 더듬거리는 길 같은 것이었다.

그것은 내가 형무소에 들어오기 전에 잘 알고 있던 길이었다. 그렇다. 그것은 이미 오래전, 내가 스스로 만족감을 느끼던 때였다. 그러한 때, 언제나 나를 기다리고 있던 것은 꿈도 없는 가벼운 수면이었다. 그러나 이제는 뭔가 달라진 것이 있었다. 왜냐하면 나는 다시 내일을 기다리며 나의 감방에 들어서게 된 까닭이다. 마치 여름 하늘 속에 그려진 낯익은 길을 죄 없는 수면으로 이끌어 갈 수도 있고, 감옥으로 이끌어 갈 수도 있는 것처럼.

4

피고석이긴 하지만 자기 이야기를 듣는 것은 언제나 흥미 있는 일이다. 검사와 변호사 사이에 변론이 벌어지고 있는 동안 사람들은 내 이야기를 많이 했다. 아마 나의 범죄 사건보다도 더 많이 나에 관한 이야기를 했다고 할 수 있다.

그리고 양쪽의 변론에 크게 차이가 있었을까? 변호사는 팔을 들어올리고 범죄를 인정하되 변명을 늘어놓았고, 검사는 손가락질을 하며 유죄를 주장하여 변명의 여지를 주지 않았을 따름이다. 그러나 나로서는 좀 난처한 일이 하나 있었다. 나는 스스로의 생각에 정신이 팔려 있었지만 때로는 나도 한마디 이야기를 하고 싶었다. 그때마다 변호사는 "가만있어요. 그래야 일이 잘됩니다." 하고 말하는 것이었다.

말하자면 사건이 나와는 아무런 관계없이 다루어지는 셈이었다. 나는 개입도 시키지 않고 모든 것이 진행되었다. 나의 의견을 물어보지도 않은 채 나의 운명이 결정되는 것이었다. 때때로 나는 다른 사람들의 이야기를 가로막고 이렇게 말하고 싶었다. '도대체 누가 피고입니까? 피고라는 것은 중요합니다. 내게도 할말이 있습니다.'

그러나 다시 생각해 보면 할 이야기가 아무것도 없었다. 그리고 나는 사람들의 마음을 차지하는 흥미는 오래 계속되지 않는다는 것을 인정하지 않을 수 없었다. 가령 검사의 변론이 내게는 곧 싱겁게 여겨졌다. 나의 관심을 끌거나 흥미를 일으킨 것은 단지 단편적인 말들, 몸짓들, 그리고 사건과는 동떨어진 한 토막의 변설, 그러한 것들이었다. 내가 바르게 이해한 것이라면, 검사의 생각의 요점은 내가 범죄를 미리 계획했다는 것이었다. 적어도 그는 그것을 증명하기 위하여 애썼으며, 그 자신은 이렇게 말했다.

"그것을 증명하겠습니다. 그것을 나는 두 가지로 증명할 수 있습니다. 첫째로는 명백한 사실에 비추어서, 둘째로는 이 악한 마음씨의 음흉한 심리 상태에 비추어서 증명할 수 있습니다."

검사는 어머니가 죽은 뒤의 사실들을 요약했다. 내가 냉담했다는 것, 어머니의 나이를 몰랐다는 것, 다음날 여자와 함께 해수욕을 하러 갔다는 것, 페르낭델이 나오는 영화 구경을 하고, 끝으로 마리와 함께 집으로 돌아왔다는 것을 지적했다. 그때 나는 그의 말을 이해하는 데 꽤 시간이 걸렸다. 그가 '정부'라는 말을 썼기 때문이다. 나에게는 그냥 마리였을 따름이다.

그리고 검사는 레이몽의 이야기를 했다. 사건을 보는 그의 방법은 여간 명석한 것이 아니라고 나는 생각했다. 그의 이야기는 그럴 듯했다. 내가 레이몽과 합의하여 그의 정부를 꾀어다가 '성품이 불량스러운' 사내의 흉악한 행위에 맡기려고 편지를 썼다는 것이고, 바닷가에서는 내가 레이몽의 적들에게 대들었다는 것이었다. 레이몽이 상처를 입었기 때문에 내가 레이몽에게서 권총을 빼앗아 혼자서 그것을 사용할 생각으로 되돌아갔다는 것이며, 그리하여 계획대로 아랍인을 쏴 죽인 것이었다. 그리고 조금 기다렸다가 '일이 완전히 끝났음을 확인하기 위하여' 다시 네 발의 탄환을 태연하게, 말하자면 확실하고도 명확한 의식을 가지고 쏘았다는 것이었다.

"이상과 같이······" 하고 검사는 말을 계속했다.

"나는 여러분께 피고가 뻔히 알면서 살인을 하게 된 사건의 경위를 말씀드렸습니다. 나는 이 점을 강조합니다. 왜냐하면 이것은 보통의 살인, 정상에 의해 관대하게 보아 줄 수도 있는 반사적 행동이 아닙니다. 여러분, 피고는 지식도 있습니다. 피고의 진술을 여러분도 듣지 않으셨습니까? 피고는 대답할 줄도 알고 말의 뜻도 잘 알고 있습니다. 그러므로 자기가 한 일을 모르고 행동했다고는 할 수 없습니다."

귀를 기울이고 있던 나는 나를 지식 있는 사람이라고 하는 말을 들었다. 그러나 보통 사람이면 누구나 가지고 있는 능력이, 어떻게 한 사람의 범인에게는 매우 불리한 조건이 되는 것인지 잘 이해할 수가 없었다. 적어도 나의 머리 속에서 맴도는 것은 그러한 점이어서 그 후로는 검사의 말을 귀담아 듣지 않았다. 그러나 이윽고 그의 말이 다시 들렸다.

"뉘우치는 표정을 보이기나 했습니까? 여러분, 조금도 없었습니다. 예심 때에도 피고는 자기의 가증스러운 범행에 대해 상심한 적이 한 번도 없었습니다."

그러고는 돌아서서 나에게 손가락질을 하며 계속해서 열렬히 이야기를 늘어놓았는데, 사실 나는 그 이유를 잘 알 수가 없었다. 그의 이야기가 옳다는 것을 인정하지 않을 수 없기도 했다. 나는 나의 행동을 그다지 뉘우치고 있지는 않았다. 그렇지만 그렇게 노발대발하는 것이 나는 이해하기가 어려웠다.

나는 그에게 다정스럽게, 애정을 다하여 나로서는 정말 무엇을 후회할 수가 없었던 것이라고 설명해 주고 싶었다. 나는 항상 앞으로 나에게 일어날 일, 오늘의 일, 또는 내일의 일에 마음이 쏠려 있었기 때문이다. 그러나 물론 나의 처지에서는 누구에게도 그런 식으로 말할 수는 없었다. 나에게는 다정스러운 태도를 취하거나 선의를 가질 권리가 없는 것이었다.

검사는 다시 넋에 관한 이야기를 시작하여 나는 귀를 기울였다. 검사는 나의 넋을 들여다보았으나 아무것도 찾아볼 수 없었다고 배심원들에게 말했다. 사실 나에게는 넋이라는 것이 도무지 없으며,

인간다운 점이 조금도 없고, 인간의 마음을 유지하는 도덕적 원리가 나와는 모두 인연이 멀다는 것이었다.

"아마도……" 하고 그는 말을 계속했다.

"우리는 그것을 비난할 수도 없을 것입니다. 그가 가질 수 없는 것을 그에게 없다고 나무랄 수는 없는 일입니다. 그러나 이 법정에서 소극적인 관용의 미덕은 그보다 더 어렵기는 하지만, 더 높은 덕으로 바뀌어야 합니다. 특히 이 사람에게서 볼 수 있는 것 같은 심리의 공허가 사회 전체를 삼켜 버릴 수도 있을 경우에는 더욱 그러합니다."

그러고는 다시 어머니에 대한 나의 태도를 논의했다. 변론 중에 했던 말을 그는 다시 되풀이했다. 그것은 나의 범죄에 대해 이야기한 것보다도 더 길었다. 너무나 길어서 마침내 나는 그날 아침의 더위밖에는 아무것도 느끼지 못했다. 얼마 지나서 차장 검사는 잠시 말을 끊었다가 다시 매우 낮고 자신 있는 목소리로 말했다.

"이 법정은 내일 가장 가증스러운 범죄, 부모를 살해한 범행을 심판하게 될 것입니다."

그의 말에 따르면 이 잔악한 범죄는 상상조차 할 수 없는 것이었다. 그는 인간 사회의 율법이 엄중한 처벌을 내리기를 바란다고 말했다. 그러나 이 범행이 일으키는 전율감은 나의 무감각에 대해 느끼는 전율감보다는 차라리 덜하다는 것을 서슴지 않고 말할 수 있다고 지껄였다. 또 그는 정신적으로 어머니를 죽이는 사람은 아버지를 자기 손으로 죽이는 사람과 마찬가지로 인간 사회로부터 제거되어야 한다는 것이었다. 어쨌든 전자는 후자의 행위를 준비하는 것이며, 말하자면 그러한 행위를 예고하고 승인한다는 것이었다.

"여러분, 나는 확신합니다." 하고 그는 목소리를 높여 덧붙였다.

"여기에 앉아 있는 피고는 이 법정이 내일 판결을 내리게 될 살인죄를 범한 것이나 다름이 없다고 말해도, 여러분은 나의 생각이 지나친 것이라고 생각하지는 않을 것입니다. 그러므로 피고는 무거운 벌을 받아야 할 것입니다."

여기에서 검사는 땀으로 번질거리는 얼굴을 닦았다. 마지막으로 그는 자기의 의무는 괴로운 것이지만 단호히 그것을 수행할 것이라고 말했다. 나는 사회의 가장 기본적인 율법을 무시했으므로 사회와는 아무 관계도 없으며, 인간의 마음의 가장 근본적인 반응도 모르는 사람이므로 인정에 호소할 수도 없는 것이라고 했다.

"나는 이 사람에 대해 사형을 요구합니다. 사형을 요구해도 나의 마음은 가뿐합니다. 왜냐하면 이미 짧지 않은 재직 기간 중 나는 여러 번 사형을 요구한 일이 있었지만, 오늘처럼 이 괴로운 의무가 신성한 지상 명령이란 의식과 흉악한 것밖에는 아무것도 읽어 볼 수 없는 한 사람의 얼굴을 앞에 놓고 느끼는 전율감에 의해 대갚음을 받아 마음이 가벼웠던 적은 일찍이 없었기 때문입니다."

검사가 자리에 앉자 상당히 오랜 침묵이 흘렀다. 나는 더위와 놀라움 때문에 어리둥절했다. 재판장이 잔기침을 하고 나서 낮은 목

소리로 내게 더 할말이 없느냐고 물었다. 나는 이야기를 하고 싶었
으므로, 일어나서 그저 생각나는 대로 아랍인을 죽이려는 계획은
없었다고 말했다. 재판장은 그건 하나의 변명이라고 말하고, 아직
나의 변론 내용을 잘 알 수 없으니 변호사의 말을 듣기 전에 내가
그러한 행동을 하게 된 동기를 정확히 말해 주면 좋겠다고 했다.

　나는 빠른 어조로 말을 좀 얼버무리며 내가 어처구니없게 보인
다는 사실을 알면서도 그것은 태양 때문이었다고 말했다. 장내에는
웃음이 터져 나왔다. 나의 변호사는 어깨를 으쓱해 보였다. 곧이어
그는 발언할 것을 지명 받았으나, 시간도 지체되고 자기의 진술은
여러 시간을 요할 테니 오후로 미루어 주면 좋겠다고 말했다. 법정
은 이에 동의했다.

　오후에도 커다란 선풍기가 여전히 실내의 무더운 공기를 휘젓고,
배심원들의 가지각색의 조그만 부채들은 모두 같은 방향으로 움직
이고 있었다. 변호사의 변론은 언제 끝이 날지 모를 지경이었다. 그
러다 문득 나는 귀를 기울였다.

　"제가 사람을 죽인 것은 사실입니다." 하고 그가 말했기 때문이
다. 뒤이어 그는 계속 그런 식으로 이야기를 하며, 나의 일을 말할
때마다 '나'라고 표현했다. 나는 매우 놀랐다. 나는 헌병에게로 몸
을 굽혀 그 이유를 물었다. 헌병은 가만있으라고 말하더니 조금 있
다가, 변호사들은 모두 그렇게 한다고 덧붙였다.

　나로서는 그것 또한 나를 사건으로부터 떼어놓고, 무(無)로 만들

어 버리는 것으로, 이를테면 그가 내 역할을 대신하는 것이라고 생각했다. 그러나 나의 관심은 벌써 그 법정에서 매우 멀어져 있었던 것 같다. 그리고 나의 변호사가 우스워 보였다. 그는 빠른 어조로 나의 가해 행위를 변호하고 나서, 그도 역시 나의 넋에 관하여 이야기를 했다. 그러나 검사에 비해 그 솜씨가 훨씬 뒤떨어지는 것 같았다.

"나도 역시 피고의 넋을 들여다보았습니다만, 탁월하신 검사의 의견과는 반대로 나는 무엇을 발견할 수 있었습니다. 뿐만 아니라 책을 펼쳐 보듯 훤히 볼 수 있었다고 말할 수 있습니다."

나는 착실한 인물이요, 규칙적이고, 근면하고, 일하고 있던 회사에 충실했으며, 모든 사람들로부터 호평을 받고, 다른 사람의 불행을 동정하는 사람이었다는 것을 그는 보았다고 했다. 그의 의견으로는, 나는 힘이 닿는 한 정성껏 오랫동안 어머니를 부양한 모범적인 아들이었다. 나중에는 내 힘으로는 도저히 해 드릴 수 없는 안락한 생활을 양로원이 대신 늙은 어머니에게 베풀어 줄 수 있으리라고 내가 기대했다는 것이다.

"여러분, 그 양로원에 관해 이러니저러니 그렇게도 많은 논의가 있었다는 것을 나는 정말 이상스럽게 생각합니다. 만일 그러한 시설의 유익함과 귀중함의 증거를 제시해야 한다면, 국가 자체가 그런 시설을 보조하고 있다는 사실을 말하지 않을 수 없습니다." 하고 그는 덧붙였다.

다만 장례식에 관해서는 아무 말이 없었다. 그것이 그의 결론의 결점이라는 것을 나는 느꼈다. 그러나 그러한 장광설들, 여러 날 동안 나의 넋에 관해 이야기한 그 한없이 긴 시간 때문에 나는 모든 것이 빛깔 없는 물처럼 되어 버려 그 속에서 어지러움을 느끼는 것 같은 인상을 받았다.

마침내 나는 변호사의 이야기가 계속되고 있는 동안에 거리로부터 법정의 다른 방들과 법정의 온 공간을 거쳐서 크림 장수의 나팔 소리가 내 귀에까지 울려 온 것을 기억하고 있을 따름이었다. 나는 이미 나의 것이 아닌 생애, 그러나 거기서 내가 지극히 빈약하나마 집요한 기쁨을 얻었던 생애의 추억에 사로잡혔다. 여름날의 냄새, 내가 좋아하던 거리, 어느 날 저녁의 하늘, 마리의 웃음과 옷차림. 그곳에서 내가 하고 있던 쓸데없는 그 모든 것에 대한 역겨움이 목구멍까지 치밀어 올라, 나는 단지 그것이 어서 끝나고 나의 감방으로 돌아가 잠을 잘 수 있기만을 바랄 뿐이었다.

나의 변호사가 끝으로, 배심원들은 일시적인 실수로 범행을 저지른 성실한 근로자를 사형에 처하지는 않을 것이라고 외치고, 내가 이미 가장 확실한 처벌로서 영원한 뉘우침을 지니고 있는 그 범죄에 대하여 정상의 참작을 요구하는 것도 내 귀에는 거의 들리지 않았다. 법정은 심문을 중지하고 변호사는 피곤한 빛을 보이며 자리에 앉았다. 그러자 그의 동료들이 달려와서 그의 손을 잡았다.

"참 훌륭했어." 하는 말이 들렸고, 그중의 한 사람은 나를 증인

삼아 "그렇지요?" 하고 동의를 구하기까지 했다. 나는 동의했으나 나의 찬사는 진심에서 우러나온 것이 아니었다. 너무나 피곤했기 때문이다.

밖에서는 해가 저물어 더위는 덜해졌다. 거리에서 들려오는 소리들로 나는 저녁의 부드러움을 감지할 수 있었다. 우리들은 모두 거기서 기다리고 있었는데, 그것은 나 한 사람에 관계되는 일이었다. 나는 다시 한 번 장내를 둘러보았다. 모든 것이 첫날과 똑같은 상태였다.

나는 회색 윗도리를 입은 신문 기자, 그리고 꼭두각시 같은 여자와 눈길이 마주쳤다. 그것은 재판 중에 내가 한 번도 눈으로 마리를 찾아보지 않았다는 것을 생각나게 했다. 나는 마리를 잊지는 않았으나 할 일이 너무나 많았던 것이다. 마리는 셀레스트와 레이몽 사이에 있었다. 그녀는 '이제야 끝이 났어요.' 하는 듯이 나에게 조그맣게 손짓을 했다. 그리고 약간 근심 어린 얼굴에 웃음을 짓고 있는 것이 보였다. 그러나 나는 마음이 닫혀 있음을 느끼며 그녀의 미소에 대답조차 할 수 없었다.

공판이 재개되었다. 매우 빠른 어조로 배심원들에게 대한 여러 가지 질문의 낭독이 있었다. '살인죄', '가해 행위'…… 그러한 말들이 들렸다. 배심원들이 나가 버리자 나는 앞서 기다렸던 방으로 끌려갔다. 나의 변호사가 따라와서 매우 수다스럽게, 여느 때보다 더욱 자신 있고 다정스러운 태도로 말했다. 모든 것이 잘될 것이므로 몇 년 동안의 금고나 징역을 치르면 그만일 것이라고 그는 생각하고 있었다.

만약에 판결이 불리할 경우에는 파기할 수도 있느냐고 내가 물었다. 그는 그럴 수는 없다고 대답했다. 배심원 측의 반감을 사지 않기 위해서 우리 편의 결론적 요구를 말하지 않는다는 것이 그의 전술이었다는 것이다. 그는 그렇게 아무 이유도 없이 판결을 파기하지는 못한다고 설명했다. 그것은 내 생각에도 명백한 것이므로 그의 이론을 수긍할 수밖에 없었다. 따져 보면 그것은 지극히 당연한 일이었다. 그렇지 않으면 그 숱한 서류가 쓸데없을 것이다.

"어쨌든 상고는 할 수 있습니다. 그러나 결과가 나쁘지 않을 것이라고 확신합니다." 하고 나의 변호사가 말했다.

우리는 매우 오랫동안, 아마 거의 40, 50분이나 기다렸다. 시간이 되자 종이 울렸다. "배심원 측의 답변을 재판장이 읽게 됩니다. 당신은 판결을 언도할 때 들어오게 될 것입니다." 하고 변호사가 말하면서 나를 두고 나가 버렸다.

문을 여닫는 소리가 들렸다. 사람들이 계단을 뛰어가고 있었는데 멀고 가까움을 분간할 수가 없었다. 그러고는 법정으로부터 나직한 목소리로 무엇인가를 읽는 소리가 들렸다. 다시금 종이 울리자 피고석 문이 열렸고, 내게로 밀려 다가오는 것은 장내의 침묵, 그리고 그 젊은 신문 기자가 곁눈질하는 것을 보았을 때의 야릇한 감각이었다.

나는 마리가 있는 쪽을 보지 못했다. 시간의 여유가 없었던 것이다. 왜냐하면 재판장이 이상스러운 말로, 피고는 프랑스 국민의 이름으로 광장에서 공개 처형 될 것이라고 말했기 때문이다. 그때 나는 모든 사람들의 얼굴 위에 나타난 감정을 알아볼 수 있는 듯했다. 그것은 나를 이해하는 빛이었다고 생각된다. 헌병들은 내게 유순했고, 변호사는 내 손등에 그의 손을 올려놓았다. 나는 아무것도 생각하지 않고 있었다.

재판장이 내게 더 할말이 없느냐고 물었다. 나는 "없습니다." 하고 대답했다. 내가 끌려 나온 것은 그때였다.

5

나는 형무소 소속 신부의 면회를 세 번째 거절했다. 그에게 말할 것도 없고 이야기하기도 싫었고, 서둘러서 만나야 할 까닭도 없었다. 지금 나의 관심거리는 어떤 메커니즘으로부터 벗어나는 것, 불가피한 것으로부터 빠져나갈 길이 있는지를 알아보는 일이다.

감방이 바뀌었다. 지금 이 감방에서는 번듯이 누우면 하늘이 내다보이고, 그리고 하늘밖에 보이는 것이 없다. 하늘 모습 위에 낮이 밤으로 옮겨 가는 빛깔의 조락을 바라보는 것으로 하루하루가 지나간다. 나는 누워서 머리 밑에 손을 넣고 기다린다. 사형 선고를 받은 사람으로서 그 무자비한 메커니즘으로부터 벗어난 예가, 처형되기 전에 종적을 감추었다든가 경계선을 돌파한 예가 있을까 하고 나는 몇 번이나 자문해 보았는지 모른다. 그럴 때마다 사형 집행에 관한 이야기에 그다지 관심을 기울이지 않았던 것이 후회되었다.

그러한 문제에는 언제나 관심을 가져야 할 것이다. 어떤 일을 당하게 될는지 알 수 없지 않은가? 다른 사람들과 마찬가지로 나도 신문 기사를 읽은 일이 있긴 하다. 그리고 그에 관한 책들이 분명히 있었을 텐데, 나는 한 번도 그것들을 읽어 보려고 한 적이 없었다. 그러한 책들 속에서라면 탈출에 관한 이야기도 찾아볼 수 있었을 것이다. 적어도 한 번쯤은 바퀴가 멎어 그 거슬러 갈 수 없는 전락 속에서, 우연과 행운이 한 번쯤은 무슨 변동을 일으킨 일이 있다는 것을 알 수 있었을 것이다! 단 한 번…….

어떤 의미로는 그것만으로도 내게는 충분했으리라 생각한다. 나머지는 나의 마음으로써 보충할 수 있을 것이다. 신문들은 흔히 사회에 대한 죄과를 들먹인다. 신문에서는 그것을 갚아야 한다는 것이다. 그러나 그러한 말은 상상력을 불러일으키지 못한다. 중요한 것은 탈출의 가능성, 무자비한 의식, 밖으로의 도약, 희망의 무한한 기회를 주는 미친 듯한 질주였다.

물론 희망이래야 길모퉁이에서 달리던 도중에 날아오는 총탄에 맞아 쓰러지는 것뿐이다. 그러나 곰곰이 생각해 보면, 내게 그러한 호사를 허락해 주는 것은 아무것도 없고, 모두가 내게는 그것을 금지하고 어떤 메커니즘이 나를 다시 붙드는 것이었다.

아무리 생각해도 나는 그러한 턱없는 확실성을 받아들일 수는 없었다. 왜냐하면 어쨌든 그 확실성에 근거를 마련해 준 재판과, 판결의 언도가 내린 순간부터 어쩔 수 없게 된 그 결말과의 사이에는 어처구니없는 불균형이 있었기 때문이다.

판결문이 17시가 아니라 20시에 낭독되었다는 사실, 그 판결문이 전혀 다를 수도 있으리라는 사실, 그것이 속옷을 갈아입는 인간들에 의해 결정되었다는 사실, 그것이 프랑스 국민이란 지극히 모호한 관념에 의거하여 언도되었다는 사실, 그러한 모든 것이 내게는 그 같은 결정으로부터 많은 준엄성을 제거하는 것으로 생각되었다. 그러나 그 선고가 내려진 순간부터 그 결과는 내가 몸뚱이를 비벼대던 그 담벼락의 존재와 마찬가지로 확실하고 준엄하게 된다는 사실을 인정하지 않을 수 없었다.

그럴 때 나는 어머니에게서 들은 아버지의 이야기를 회상했다. 나는 아버지를 알지 못했다. 아버지에 대해 내가 정확히 알고 있는 것은, 어머니가 그때 이야기해 준 것밖에 없다.

아버지가 어떤 살인범의 사형 집행을 보러 갔었다는 것이다. 그것을 보러 갈 생각만 해도 아버지는 병이 날 지경이었다. 그래도 아버지는 갔고, 돌아오던 길에 아침에 먹은 음식의 일부분을 토했다는 것이었다.

그 말을 들었을 때 나는 아버지가 좀 싫어졌었다. 그러나 지금 나는 그것이 지극히 당연한 일이라는 것을 이해할 수 있었다. 사형 집행보다 더 중대한 일은 없으며, 어떤 의미로는 그것이야말로 사람에게는 참으로 유일한 관심거리라는 것을 어째서 나는 알아차리지 못했을까. 만약 내가 이 감옥으로부터 나가는 일이 있다면 나는 모든 사형 집행을 빠짐없이 보러 가리라.

그러나 그러한 가능성을 생각해 보는 것은 잘못이었다고 생각한다. 왜냐하면 어느 날 이른 아침 경계선 뒤에서, 말하자면 저쪽에서 자유로울 수 있을 자기 자신을 생각할 때, 구경하러 갔다가 토할 수 있을 것을 생각할 때 억눌렸던 기쁨의 물결이 가슴에 복받쳐 올랐지만 그것은 이치에 어긋나는 일이었기 때문이다. 그러한 가정(假定)에 집착한다는 것은 잘못이었다. 왜냐하면 그 후에 곧 나는 너무나 추워서 이불을 뒤집어쓰고 몸을 웅크리지 않을 수 없었기 때문이다. 추위를 참다못해 나는 턱을 덜덜 떨고 있었다.

그러나 물론 언제나 이치에 맞는 생각만 할 수는 없는 노릇이다. 가령 법률의 초안을 만들어 보는 경우도 있었다. 형법 체계를 개혁하고 있었던 것이다. 요컨대 사형 선고를 받은 자에게 기회를 준다는 것이었다. 천 번에 한 번쯤. 그것이면 여러 가지 일을 해결하기에 충분했다.

그리하여 그것을 마시면 수형자(受刑者)가(나는 수형자라는 말을 생각해 냈다.) 열 번에 아홉 번 죽는 그런 화학 약품의 배합을 생각해 낼 수도 있을 것이라고 생각했다. 수형자에게 그런 사실을 알려 주어야 하는 것이다. 그것이 조건이다. 왜냐하면 곰곰이 냉정하게 일을 생각해 보면 단두대의 불비한 점은 아무런 기회도, 절대로 아무런 기회도 없는 것이라는 사실을 나는 인정하지 않을 수 없었던 까닭이다.

　결국 어쩔 수 없이 수형자의 죽음은 결정되어 버리고 마는 것이다. 그것은 제쳐 놓은 일로서 확정적 조치요, 기정 사실이어서 그것을 취소할 여지가 없다. 만약에 혹시 어쩌다가 목이 잘 베어지지 않는 경우가 있다면 다시 할 뿐이다. 그러므로 기막힌 일은 수형자로서는 기계가 아무 고장 없이 움직여 주기만 바랄 수밖에 없다는 점이다. 그것이 불비한 점이라고 나는 말하는 것이다.

　어떤 의미로 그것은 사실이었다. 그러나 또 다른 의미로는 그 훌륭한 조직의 모든 비결이 거기에 있다는 것을 나는 또한 인정하지 않을 수 없었다. 요컨대 수형자는 정신적으로 협력을 하지 않으면 안 된다. 모든 것이 순조롭게 진행된다는 것이 그에게도 이로운 것이다.

　나는 또한 그런 문제에 관해 지금까지 정확하지 못한 생각을 하고 있었다는 것을 인정하지 않을 수 없었다. 오랫동안 나는 — 왜 그랬는지는 몰라도 — 기요틴에 걸리자면 단두대로 올라가야만 하고, 그러기 위해서는 계단을 걸어 올라가야 한다고 생각했다. 그것은 1789년의 대혁명 때문이라고, 다시 말하면 그러한 문제에 관해서 사람들이 가르쳐 주고 또 보여 주고 한 모든 것들 때문이라고 생각한다.

　그런데 소문이 자자했던 어느 사형 집행이 있었던 날 아침, 신문에 실렸던 한 장의 사진이 생각났다. 사실 기계는 땅바닥에 지극히 간단하게 놓여 있었고, 생각했던 것보다 훨씬 폭이 좁았다. 좀더 일찍이 그런 것을 생각하지 않았다는 것이 매우 이상스러웠다. 그 사진에 찍혀 있던 기계는 무엇보다도 정밀한 제품으로 규모 있고 번쩍이는 모양이 인상에 깊이 남았다. 사람들은 알지 못하는 것에 관해서는 과장된 생각을 품는 법이다. 그런데도 실상은 모든 것이 매우 단순하다는 사실을 나는 인정하지 않을 수 없었다.

기계는 단두대로 향해 걸어가는 사람의 키만하다. 마치 누구를 만나러 가듯이 기계와 맞닥뜨리게 된다. 어떤 의미로는 그것 또한 기가 막히는 노릇이었다. 단두대로 올라가면 대기 속으로 승천을 하는 것이라고, 그러한 방향으로 상상력이 달릴 수도 있을 것이다. 그 점에서도 어떤 메커니즘이 모든 것을 억눌러 버리는 것이었다. 그저 좀 두려움을 느끼며 대단히 정확하게 목숨이 슬그머니 끊어지는 것이다.

그 밖에 또 줄곧 나의 뇌리를 떠나지 않는 것이 두 가지 있었다. 새벽녘과 상고(上告)가 그것이다. 그러나 나는 스스로 타일러 그러한 생각을 하지 않으려고 애썼다. 누워서 하늘을 바라보며 거기에 정신을 집중하려고 했다. 하늘은 초록빛으로 변하며 저녁때가 되곤 했다. 나는 생각의 방향을 바꾸려고 더욱 애를 썼다.

나는 심장이 뛰는 소리를 듣고 있었다. 그렇게도 오래전부터 나를 따르던 그 소리가 멎을 때가 있으리라고는 도저히 상상할 수 없었다. 나는 진정한 상상력을 해 본 적이 없다. 그래도 이 심장의 고

동이 나의 머리에 들리지 않게 될 그 순간을 나는 생각해 보려고 했다. 그러나 헛수고였다. 새벽녘 또는 상고라는 것이 있었기 때문이다. 마침내 나는 내 마음을 자제하려 들지 않는 것이 가장 현명한 일이라고 생각하기에 이르렀다.

그들이 새벽녘에 온다는 것, 그것을 나는 알고 있었다. 결국 나는 밤마다 그 새벽을 기다리며 지낸 셈이다. 나는 언제나 갑자기 놀라는 것을 싫어했다. 무슨 일이 생기기 전에 마음의 준비를 하고 싶은 것이다. 이러한 까닭으로 마침내 나는 낮에 좀 자 두었다가 밤을 지새고는, 새벽빛이 천장 유리창 위에 훤히 밝아오기를 기다리게 되었다.

가장 참기 어려운 것은 그들이 보통 그 일을 하러 오는 때라는 것을 내가 알고 있던 그 분간하기 힘든 시간이었다. 자정이 지나면 나는 기다리며 지켜보고 있었다. 내 귀가 그처럼 많은 소리, 그렇게도 조그만 소리까지 들어 본 적은 일찍이 없었다. 그리고 그동안 나는 발자국 소리를 한 번도 듣지 않았으니 어지간히 운수가 좋았다고 할 수 있다.

사람이란 아주 불행하게 되는 법은 없는 거라고 어머니는 가끔 말씀하셨다. 하늘이 빛을 내며 새로운 하루가 나의 감방으로 새어들 때 나는 어머니의 말이 옳았다고 생각했다. 왜냐하면 발걸음 소리가 들려와서 내 심장이 터지고 말았을 수도 있었기 때문이다. 바스락대는 소리에도 나는 문으로 달려가서 판자에 귀를 대고 얼빠진 듯이 기다리노라면 나중에는 나 자신의 숨소리가 들려와, 그 거칠기가 마치 헐떡이는 개의 숨결과도 같아서 깜짝 놀라는 일은 있지만, 결국 나의 심장은 터지지 않고 다시 한 번 나는 24시간을 얻을 수 있었다.

낮에는 언제나 상고라는 것을 생각했다. 나는 이 상고에 대한 생각을 가장 적절하게 이용했다고 믿는다. 효과를 면밀히 따져 내 생각으로부터 최대의 능률을 얻도록 한 것이다. 나는 늘 최악의 경우를 가정하곤 했다. 상고 기각이 그것이었다.

'그래 결국 죽을 수밖에 없는 거야.'

다른 사람들보다 먼저 죽는 것은 사실이겠지만, 그러나 인생이 살 만한 가치가 없다는 것은 누구나 알고 있다. 결국 서른 살에 죽든지 예순 살에 죽든지 별로 다름이 없다는 것을 나도 모르는 바 아니었다. 그 어떤 경우에든지 그 후엔 다른 남자들, 다른 여자들이 살아갈 것은 마찬가지요, 수천 년 동안 그럴 것이다. 요컨대 그것은 지극히 명백한 일이었다. 지금이건 10년 후이건 나는 죽을 것임엔 틀림이 없었다.

그러나 그러한 나의 이론에서 좀 언짢은 것은, 앞으로 올 20년의 생활을 생각할 때 나의 마음속에 느껴지는 무서운 용솟음이었다. 그러나 20년 후에 어차피 그러한 지경에 다다랐을 때 내가 가지게 될 생각을 상상함으로써 그것도 눌러 버리면 그만이었다. 죽을 바에야 어떻게 죽든, 언제 죽든, 그런 건 문제가 아니다. 그것은 명백한 일이었다. 그러므로(그리고 어려운 일은 이 '그러므로'라는 말이 표현하는 모든 추론을 망각하지 않도록 하는 일이었다.) 나는 나의 상고의 기각을 용납할 수밖에 없었다.

그때서야 비로소 나는 두 번째 가정을 생각해 볼 권리를 가질 수 있었다. 말하자면 나 자신에게 그것을 허용하는 것이었다. 두 번째 의 가정은 무죄 석방이었다. 거북스러운 것은 턱없는 기쁨으로 눈 을 찌르는 그 피와 육신의 복받침을 진정시키지 않으면 안 되었던 일이다. 그 부르짖음을 억누르고 그것을 타일러야만 했다. 첫 번째 가정에서의 나의 단념을 더욱 적절하게 만들기 위해서는 이 두 번 째 가정에서도 나는 태연스러워야만 했던 것이다. 그럴 수 있을 때 는 한 시간쯤 평온한 마음을 가질 수가 있었다. 그만하면 어쨌든지 다행한 일이었다.

그러한 때에 나는 또다시 소속 신부의 면회를 거절했다. 나는 누 워서 하늘이 황금빛으로 물드는 것을 보면 여름 저녁이 가까워 옴 을 알게 되었다. 바로 나의 상고를 기각하고 난 터여서 나는 혈액 의 파동이 규칙적으로 내 몸속을 순환하고 있음을 느낄 수 있었다. 나로서는 구태여 신부를 만날 필요가 없었다.

오랜만에 나는 마리를 생각했다. 퍽 오래전부터 마리로부터 편지 가 없었다. 그날 저녁 나는 곰곰이 생각한 끝에, 아마 사형 선고를 받은 사람의 연인 놀음에 그만 지쳐 버린 것이라고 결론을 지었다. 어쩌면 병이 났거나 죽었을지도 모른다는 생각도 들었다. 그것은 당연한 일이었다. 서로 떨어져 있는 우리들의 두 육체밖에는 이제 우리들을 연결시키고 서로 생각하게 하는 것이 아무것도 없었으니, 어찌 내가 그러한 사정을 알 수 있단 말인가!

그렇다면 그때부터 이미 마리의 추억은 나와는 아무런 관계도 없었다. 죽었다면 마리에게 나는 아무런 관심도 가지지 않을 것이다. 그것은 당연한 일이라고 생각되었다. 그와 마찬가지로 내가 죽은 뒤에는 사람들이 나를 잊어버린다는 사실을 나는 잘 알고 있었다. 죽고 나면 사람들은 나와 아무 관계도 없어지는 것이다. 그런 일은 생각하기 괴로운 것이라고 할 수도 없었다. 결국 무슨 일에서든지 사람이란 나중에는 익숙해지고 마는 법이다.

신부가 들어온 것은 바로 그때였다. 그를 보자 나는 몸을 약간 떨었다. 신부는 그것을 보고 당황하지 말라고 했다. 보통 때는 다른 시각에 왔다고 말했더니, 그는 이번 면회는 순전히 우의적인 것이어서 나의 상고와는 아무 관계도 없으며 상고에 관해서는 자기는 아무것도 모른다고 대답했다. 내 자리 위에 앉은 다음 그는 나더러 가까이 오라고 권했지만 나는 거절해 버렸다. 그러나 그는 매우 다정스러워 보였다.

얼마 동안 그는 앉아서 두 손을 무릎 위에 올려놓고 고개를 숙여 자기 손을 바라보고 있었다. 그 손은 연약해 보였고, 힘줄이 드러나 어떤 두 마리의 민첩한 짐승을 연상케 했다. 신부는 천천히 그 두 손을 비볐다. 그러고는 여전히 고개를 숙이고 우두커니 앉아 있었다. 하도 오랫동안 그대로 있어서 나는 잠시 그를 의식하지 않은 것 같은 느낌이 들었다.

갑자기 그가 머리를 쳐들고는 나를 바라보았다. "왜 나의 면회를 거부하십니까?" 하고 그가 물었다. 나는 하나님을 믿지 않는다고 대답했다. 그 점에 대해 확신을 가질 수 있느냐고 묻기에, 나는 그런 것을 자문해 볼 필요는 없다고 말했다. 내게 그런 것은 아무런 의미도 없는 문제라고 생각되었기 때문이다.

그러자 그는 몸을 뒤로 젖히고 손을 펼쳐 넓적다리 위에 얹고는 벽에 등을 기댔다. 그는 나에게 이야기를 한다는 내색을 거의 보이지 않으면서, 스스로는 확신을 갖고 있다고 생각하지만 사실은 그렇지 못할 때가 있다고 말했다. 나는 아무 말도 하지 않았다. 그가 나를 쳐다보며 물었다.

"어떻게 생각하십니까?"

그럴 수도 있을 것이라고 나는 대답했다. 어쨌든 정말로 나의 관심을 끄는 일에 대해서는 확신을 가질 수 없을는지도 모르겠으나, 나의 관심을 끌지 않는 일에 대해서는 명백히 확신을 가질 수 있다고 말했다. 그리고 그가 이야기하는 것은 바로 나의 관심을 끌지 않는 일이라고 했다. 그는 시선을 돌렸으나 여전히 그 자세는 고치지 않고, 내가 절망한 나머지 그런 말을 하는 것이 아니냐고 물었다. 나는 절망한 것이 아니라고 말했다. 다만 두려울 뿐이고, 그것은 당연한 일이라고 말했다.

"그렇다면 하나님이 도와 주실 것입니다." 하고 그가 말했다.

"당신과 같은 경우에 처했던 내가 아는 사람들은 모두 하나님께 돌아갔습니다."

그것은 그들의 권리라고 나는 인정했다. 그것은 또한 그들이 그럴 만한 시간적 여유를 가졌다는 사실을 증명하고 있었다. 그런데 나로서는 도움을 받기가 싫었고, 또 관심이 끌리지 않는 것에 관심을 가질 시간이 없었던 것이다. 그때 그의 손이 짜증이 난 듯한 모습을 했으나 곧 그는 몸을 쳐들고 옷 주름을 바로잡았다. 그러고 나서 나를 '벗'이라고 부르며 이야기를 했다.

그가 나에게 그렇게 말하는 것은 내가 사형 선고를 받았기 때문이 아니라고 했다. 그의 의견으로는 우리들은 모두 사형 선고를 받고 있다는 것이었다. 그러나 나는 그의 말을 가로막고 그것은 상황이 같지 않고, 또 어쨌든 그것이 위안이 될 수는 없다고 말했다.

"그야 그렇지요." 하고 그는 동의했다.

"그렇지만 당신은 쉬이 죽지 않는다 하더라도 언젠가는 죽을 것입니다. 그때 같은 문제가 생길 것입니다. 그 무서운 고통을 당신은 어떻게 받을 것입니까?"

내가 지금 받고 있는 것과 마찬가지로 나는 그 고통을 받을 것이라고 대답했다. 그러자 그가 일어나서 내 눈을 바라보았다. 그것은 내가 잘 알고 있는 행동이었다. 나는 곧잘 에마뉘엘이나 셀레스트와 그 놀이를 했었는데, 대개는 그들이 먼저 눈을 돌려 버리는 것이었다.

신부도 그 놀이를 알고 있음을 나는 곧 알았다. 그의 눈길은 조금도 떨리지 않았다. 그리고 그가 "그럼 당신은 아무 희망도 없고, 죽으면 완전히 없어져 버린다는 생각을 가지고 살고 있습니까?" 하고 말했을 때에도 그의 목소리는 떨리지 않았다. "그렇습니다." 하고 나는 대답했다. 그러자 그는 머리를 숙이고 다시 걸터앉았다.

그는 나를 불쌍히 여긴다고 말했다. 그것은 인간으로서는 도저히 견딜 수 없는 일이라고 생각한다는 것이었다. 나는 그만 그가 귀찮아지는 것을 느꼈다. 이번에는 내가 돌아서서 천장으로 난 창 밑으로 갔다. 나는 어깨를 벽에 기대고 있었다. 귀담아듣지는 않았으나 그가 또다시 나에게 뭐라고 묻는 것이 들려왔다. 그는 불안스럽고 간곡한 목소리로 이야기하고 있었다. 그의 마음이 떨리고 있다는 것을 깨닫고 나는 좀더 귀를 기울여 주었다.

그는 그의 신념을 역설하며 나의 상고는 수락될 것이지만, 그러나 나는 죄의 짐을 지고 있으므로 그것을 씻어 버려야 한다고 말했다. 그의 의견으로는, 인간의 심판은 아무것도 아니고 하나님의 심판이 전부라는 것이었다. 나에게 사형을 내린 것은 인간의 심판이라고 지적했더니, 그렇지만 그것으로는 나의 죄가 씻긴 것이 아니라고 대답했다.

죄가 무엇인지 나는 모른다고 말했다. 내가 죄인이라는 것을 사람들이 내게 가르쳐 주었을 뿐이었다. 나는 죄인으로서 형벌을 받는 것이니, 더 이상 나에게 요구할 수는 없을 것이라고 했다. 그러자 신부는 다시 일어섰다. 워낙 좁은 감방이라 그가 움직이려고 해도 그럴 만한 공간이 없을 것이라고 나는 생각했다. 앉아 있든지 일어서든지 할 수밖에 없는 것이었다.

나는 땅바닥을 내려다보고 있었다. 그는 한 걸음 내게로 다가서더니, 더 앞으로 나설 용기가 없는지 멈추어 섰다. 그러고는 창살 너머로 하늘을 바라보고 있었다.

"당신의 생각은 잘못된 것이오." 하고 그가 말했다.

"당신에게 그 이상 더 요구할 수 있어요. 요구하게 될 것입니다."

"무엇을 요구한단 말입니까?"

"보는 것을 요구할 것이오."

"무엇을 봐요?"

신부는 주위를 둘러보더니 갑자기 지친 듯한 목소리로 대답했다.

"이 모든 돌에는 괴로움이 배어 있습니다. 나는 그것을 압니다. 나는 번민 없이 이것들을 바라본 적이 없습니다. 그러나 나는 마음속 깊이, 당신들 중의 가장 불행한 사람일지라도 이 돌들의 어둠으로부터 성스러운 얼굴이 나타나는 것을 보았다는 사실을 알고 있습니다. 당신에게 보기를 요구하는 것은 그 얼굴입니다."

나는 좀 흥분했다. 여러 달 전부터 나는 감방의 벽을 들여다보고 있었다고 말했다. 이 세상에서 내가 그보다 더 잘 아는 것은 아무것도 없었다. 오래전부터 나는 그곳에서 하나의 얼굴을 찾아보려

했다. 그러나 그 얼굴은 태양의 빛깔과 정욕의 불길을 가졌을 뿐이
었다. 그것은 마리의 얼굴이었던 것이다. 나는 그것을 찾으려 했으
나 헛된 일이었다. 이제는 그것도 지나간 일이었다. 어쨌든 나는 그
축축한 돌에서 아무것도 솟아나는 것을 보지 못했다고 말했다.

　신부는 슬픈 듯한 눈으로 나를 쳐다보았다. 나는 감방 벽에 완전
히 등을 기대고 있었으므로 빛이 나의 이마 위로 흐르고 있었다.
그는 뭐라고 몇 마디 했으나 나는 듣지 못했다. 그러더니 그는 매
우 빠른 어조로 나를 껴안는 것을 허락해 주겠냐고 물었다. "싫습
니다." 하고 나는 대답했다. 그는 천천히 감방 벽으로 걸어가 그 위
에 손을 대고 가느다란 소리로 말했다.

　"그래, 그렇게도 이 땅을 사랑하십니까?"

　나는 아무 대답도 하지 않았다. 그는 꽤 오랫동안 돌아서 있었다.
그가 방 안에 있다는 것이 마음에 언짢고 성가셨다. 그에게 혼자
있고 싶으니 나가 달라고 말하려고 할 때, 그는 다시 내게로 돌아
서면서 갑자기 커다랗게 외쳤다.

　"정말로 나는 믿을 수가 없습니다. 당신도 다른 인생을 바란 적
이 있으리라고 나는 확신합니다."

　그야 그런 적이 있지만 그것은 부자가 된다든가, 헤엄을 빨리 칠
수 있게 된다든가, 더 잘생긴 얼굴을 가지게 되는 것을 바라는 것
이나 다름이 없다고 나는 대답했다. 그것도 그와 같은 종류의 일이
다. 그는 나의 말을 가로막고 내세라는 것을 어떻게 생각하느냐고

묻기에 나는 '지금의 이 생애를 기억할 수 있는 그러한 생애'라고 외치고, 곧이어 이제 그런 이야기는 더 듣고 싶지 않다고 말했다.

그가 또 하나님의 이야기를 하려고 했으나, 나는 그에게로 다가서서 내게는 남은 시간이 조금밖에 없다는 것을 마지막으로 한 번 더 설명하려 했다. 그는 화제를 바꿔서 왜 자기를 '나의 아버지'라고 부르지 않고 '선생님'이라고 부르는지 물었다. 나는 화가 나서 당신은 나의 아버지가 아니고 다른 사람들과 한패라고 대답했다.

그는 "아닙니다, 나의 아들이여." 하고 나의 어깨 위에 손을 올려놓고 말했다.

"나는 당신과 함께 있습니다. 그러나 당신의 마음이 어두워서 그것을 모르는 것입니다. 당신을 위해서 기도하겠습니다."

그때 왜 그랬는지 몰라도 나의 마음속에서 그 무엇이 폭발하고 말았다. 나는 있는 힘을 다하여 소리치며 그에게 욕설을 퍼붓고 기도 따위는 그만두라고 말한 다음, 그저 물거품처럼 사라지기보다는 차라리 불에 타 버리는 편이 낫다고 말했다. 나는 그의 신부복을 움켜잡았다. 기쁨과 분노 섞인 용솟음과 함께 마음속을 송두리째 그에게 쏟아 버렸다.

당신은 자신만만한 태도다. 그렇지 않고 뭐냐? 그러나 당신의 신념이란 건 모두 여자의 머리털만한 가치도 없다. 당신은 죽은 사람 모양으로 살고 있으니 살아 있다는 것에 대한 확실한 자각조차 없지 않느냐? 나는 빈손인 것 같으나 확신이 있다. 나 자신에 대한,

154

모든 것에 대한 확신, 그것은 당신보다 더 강하다. 나의 인생과 닥쳐올 이 죽음에 대한 명확한 인식이 내게는 있다. 그렇다, 내게는 이것밖에 없다. 그러나 적어도 나는 이 진리를, 그것이 나를 붙들고 놓지 않는 것과 마찬가지로, 굳게 붙들고 있다. 내 생각은 옳았고 지금도 옳고 또 언제나 옳을 것이다. 나는 이렇게 살았으나, 또 다르게 살 수도 있었을 것이다. 나는 이런 것은 하고 저런 것은 하지 않았다. 어떤 일은 하지 않았지만 이러저러한 다른 일은 했다. 그래서 어떻단 말인가? 나는 마치 이 순간, 나의 정당함이 인정될 저 새벽을 여태껏 기다리며 살아온 셈이다. 아무것도 중요한 것은 없다. 나는 그 까닭을 알고 있다. 당신도 그 까닭을 알고 있는 것이다. 내가 살아온 이 허망한 생애에선 미래의 구렁 속으로부터 언제나 한 줄기 어두운 바람이 아직도 오지 않은 해들을 거쳐서 거슬러 올라와 그 바람이 도중에, 내가 살고 있던 때와 다름없이 현실적이라 할 수 없는 그때에 나로서 할 수 있는 일들을 모두 아무 차이도 없는 것으로 만들어 버리는 것이다. 다른 사람들의 죽음, 어머니의 사랑, 그런 것이 무슨 중요성이 있는가! 당신의 그 하나님, 사람들이 선택하는 생활, 사람들이 선택하는 숙명, 그런 것이 무슨 중요성이 있다는 말인가! 단지 하나의 숙명이 나 자신을 사로잡고, 나와 더불어 당신처럼 나의 형제라고 하는 수많은 특권을 가진 사람들을 사로잡는 것이 아닌가! 누구나 다 특권을 가지고 있다. 특권을 가진 사람들밖에 없는 것이다. 장차 다른 사람들도 사형을 받을 것이다.

살인범으로 고발되어 내가 어머니의 장례식 때 눈물을 흘리지 않았다고 해서 사형을 받는다고 한들, 그것이 뭐가 중요하단 말인가! 살라마노의 개나 그의 마누라나 그 가치를 따지면 매한가지다. 꼭두각시 같은 그 자그마한 여자도 마송과 결혼한 그 파리 여자나 마찬가지로, 또 나와 결혼하고 싶어하던 마리도 마찬가지로 죄인인 것이다. 셀레스트는 그 성품이 레이몽보다 낫지만 셀레스트나 마찬가지로 레이몽도 나의 친구라고 해서 그것이 무슨 중요성이 있으랴! 마리가 오늘 또 다른 한 사람의 뫼르소에게 입술을 내밀고 있다고 한들 그것이 어떻다는 말인가! 사형 선고를 받은 자식, 이놈아! 너는 도대체 아느냐? 미래의 구렁 속으로부터…….

이 모든 것을 소리치자 나는 숨이 막혀 왔다. 이미 신부를 내 손에서 떼어 놓은 간수들이 나를 흘겨보고 있었다. 그러나 신부는 그들을 진정시키고 잠시 묵묵히 나를 바라보았다. 그의 눈에는 눈물이 가득 괴어 있었다. 그는 돌아서서 가 버렸다.

신부가 나가 버린 뒤에 나의 마음은 조금씩 가라앉았다. 나는 기운이 없어 자리 위에 몸을 던졌다. 그러고는 잠이 들었던 모양이다. 왜냐하면 눈을 뜨자 별들이 보였기 때문이다. 들판의 소리들이 나에게까지 들려왔다. 밤 냄새, 흙 냄새, 소금 냄새가 관자놀이를 시원하게 해 주었다. 잠든 여름의 그 희한한 평화가 밀물처럼 내 속으로 흘러들었다.

그때 한길 저 끝에서 사이렌이 울렸다. 그것은 이제 나에게는 영원히 관계없는 세계로의 출발을 알리는 것이었다. 참으로 오랜만에 나는 어머니를 생각했다. 말년에 어머니가 왜 '약혼자'를 가졌었는지, 왜 생애를 다시 꾸며 보는 놀음을 했는지, 나는 알 수 있을 것 같았다. 그곳, 생명들이 꺼져 가는 그 양로원 주변도 저녁은 서글픈 휴식 시간 같았을 것이다. 그처럼 죽음 가까이에서 어머니는 자유로움을 느끼며, 모든 것을 다시 시작해 볼 마음이 생겼을 것임에 틀림없다. 어느 누구도 어머니의 죽음을 슬퍼할 권리는 없다. 그리고 나도 또한 모든 것을 다시 시작해 볼 수 있으리라는 생각이 들었다.

마치 그 커다란 분노가 나의 괴로움을 씻어 주고 희망을 안겨 주기라도 하듯이 표적과 별들이 가득 찬 밤하늘을 올려다보며, 나는 처음으로 세계의 다정스러운 무관심에 마음을 열고 있었던 것이다. 그처럼 세계가 나와 다름없고 형제 같음을 느끼며, 나는 행복했다고, 지금도 행복하다고 생각했다. 많은 것이 이루어지고 내가 외롭지 않다는 것을 느끼기 위해서 이제 내게 남은 소망은, 다만 내가 사형 집행을 받는 날 많은 구경꾼들이 증오의 함성으로써 나를 맞아 주었으면 하는 것뿐이다.

작가와 작품 해설

알베르 카뮈의 생애와 작품 세계

카뮈는 알자스 출신의 광산 노동자인 아버지와 전혀 교육을 받지 못한 스페인계 출신인 어머니 사이에서 1913년 11월 7일에 출생했다. 그의 아버지는 그가 태어나고 얼마 안 있어 제1차 세계 대전의 마른 전투에서 전사했다.

세계 대전의 소용돌이 속에서 유년 시절을 보낸 카뮈는 오메라가에 있는 초등학교를 마칠 무렵 루이 제르망을 만나게 된다. 그에게 교육을 받아 중학교 장학생 시험을 치르게 되면서 가난 속에서 새로운 희망을 싹틔운다. 이후 대학에 진학한 그는 평생의 스승이자 이해자인 장 그르니에를 만나지만, 17세 때 심한 폐결핵으로 요양차 집으로 오게 된다. 이렇게 해서 그의 독립 생활이 시작되었다.

카뮈는 1934년 프랑스 공산당에 입당하여 이슬람교도를 대상으로 선전 공작을 펼쳤지만, 1935년 피에르 라발의 모스크바 방문을 계기로 탈당했다. 그리고 이듬해에『기독교와 신플라톤주의의 형이상학』이라는 졸업 논문으로 학사 학위를 취득했다.

1938년에 그는 희곡『칼리굴라』를 썼고, 1939년에는 앙드레 말로를 만나게 된다. 1933년에 결혼했지만 일년 후에 파경을 맞고 1940년에 다시 결혼하여 두 아들을 두었다. 그는 여러 신문사 기자로 활약했는데, 프랑스 총독부의 북아프리카 정책에 대해 비난한 것을 계기로 군부와 불편한 관계에 놓이게 되자 결국에는 아프리카를 떠나게 된다.

『이방인』을 탈고한 1940년 5월에 독일군이 침입하여 파리가 점령되자 카뮈는《파리 스와르》지의 간부들과 클레르몽으로 피난했다. 이후 신문과 모든 관계를 끊고 집필에 전념했다. 그리하여『시지프의 신화』제1부에 착수하게 되었으며, 1941년 1월에는 알제리의 항구 도시 오랑으로 가 그곳 사립 고등학교에서 교편을 잡으면서『시지프의 신화』를 탈고했다. 이 오랑 시는『페스트』의 무대가 되기도 했다. 이후 그는 M.L.N(북부 해방 운동)의 기관지《콩바》지에 합류하게 되는데, 거기서 다시 그르니에와 말로를 만나게 된다. 1942년 발간된『이방인』에 이어 1943년『시지프의 신화』, 희곡『오해』,『독일인 친구에게 보내는 편지』가 출간되자 그는 부조리의 작가로서 명성을 얻게 된다.

1944년에 그는 사르트르를 만나게 되며, 그해에 조국의 해방을 맞아 활발하게 정치 활동을 시작한다. 알제리의 세티프의 학살, 8월 6일과 9일의 히로시마와 나가사키를 향한 원자 폭탄 투하 등은 그를 인도주의적인 반항과 의분으로 동분서주하게 만들었다. 같은 달 9일에는 쌍둥이 남매를 얻었다.

실존주의 철학의 형이상학적 세계로의 비약도, 그리스도교의 신의 구제도 거부함과 동시에, 또한 공산주의의 철저한 합리주의와도 날카롭게 대립하는 그의 '제3의 입장'은 젊은 지식층에게 커다란 신뢰와 공감을 불러일으켰다. 1951년에 발표된 『반항적 인간』은 그의 이런 입장을 더욱 공고히 한 것으로 사르트르와의 격렬한 논쟁을 보여 주기도 했다.

1947년에는 프랑스의 연립 내각에서 공산당이 빠져나가고 R.P.F(프랑스 인민 연합)가 형성되자 레이몽 알랭, 파스칼 피아 등은 합류했으나 카뮈는 불참했다. 그리고 그는 문학과 예술 분야에 전념했다. 같은 해 6월에는 『페스트』가 출간되었다. 그 후 1956년 『전락』, 1957년에는 『적지와 왕국』이 나왔다. 같은 해 10월에 카뮈는 프랑스인으로서는 아홉 번째이자 최연소자로서 노벨 문학상을 수상했다. 작가로서 사회·정치적인 것에 무관하지 않았던 그는 1960년 1월 4일, 미셸 갈리마르와 함께 탄 자동차 사고로 일생을 마감했다.

카뮈는 빈곤과 병고를 철저히 체험한 소년 시절부터 끊임없이 죽음의 관념에 위협당하며 삶과 죽음, 자신과 세계와의 모순 그리고 대립에 괴로워했다. 이러한 모순된 인생에 대한 명철한 자기 사색을 거친 후에 절망 속에서도 종교에 의지하지 않고 이 세상의 행복을 추구하는 '부조리 의식'을 지니게 된다. 어둡고 괴로운 현실과 극을 이루고 있는 또 다른 세계, 즉 삶이 지닌 희열을 느끼는 현실을 깨달았던 것이다. 따라서 부조리의 세계에 대하여 인간은 피할 수 없는 숙명을 맞이하게 되므로, 좌절을 각오하고라도 인간적인 노력을 거듭하여 가치를 회복해야 한다는 것이 카뮈의 주장이다.

이러한 카뮈의 부조리에 대한 인식은 전쟁·점령·수용소·저항 운동 등 극한 상황 속에서의 체험을 통해 더욱 다듬어졌다. 따라서 인간성을 빼앗고 인간의 존엄성을 더럽히는 일체의 비인성에 대해 과감히 나서서 적극적인 태도를 보이게 된다. 그의 작품 세계는 '부조리'의 문학이라 할 수 있다.

작품 줄거리 및 해설

이 소설은 일인칭으로 씌어 있고, 주인공의 독백의 수기 형식으로 전개된다. 어머니가 양로원에서 죽었다는 데에서부터 이 수기는 시작되는데, 어머니의 죽음은 미리 예측했거나 기대했던 일도 아니며, 그렇다고 해서 충격적이거나 크게 놀라운 일도 아니다.

『이방인』의 주인공 뫼르소는 평범한 회사원이다. 어머니의 나이도 확실히 기억하지 못하는 뫼르소는 눈물도 나지 않았고, 무료하고 단조로운 밤에 담배를 피웠고, 양로원 문지기가 권하는 대로 밀크 커피도 마신다.

사람이 죽었다는 것은 어찌할 수 없는 인간이 감당해야 할 일이기 때문이다. 또한 죽음과 마찬가지로 '삶'이 무슨 의미와 가치를 지니고 있다고 해도, 인간의 주관적인 의지와는 무관하게 '삶' 자체는 근본적으로 그 앞에 '죽음'을 놓고 있다는 '모순', 그리고 이 모순 사이에 끼여서 내일에 대한 약속이나 희망 없이 그저 살고 있는 인간에게, 한 사람의 죽음은 무슨 사건이 될 수 없다는 부조리가 작품 전체를 지배하고 있다.

장례식에서 돌아온 뫼르소는 다음날 해수욕을 하러 갔다가 직장 동료였던 마리를 만나 같이 영화관에 가고 그날 밤 함께 지낸다. 뫼르소가 살고 있는 아파트에 레이몽이라는 건달이 살고 있는데 그는 뫼르소에게 친절하다. 그렇기 때문에 뫼르소는 굳이 피할 필요도 느끼지 않는다.

뫼르소는 마리와 함께 레이몽의 권유로 해안에 있는 레이몽 친구의 별장에 놀러 간다. 아랍인들이 레이몽을 습격하지만, 뽑아 든 권총을 보고 도망친다. 뫼르소는 레이몽에게 자신이 보관하겠다고 권총을 달라고 한 다음 상처가 난 레이몽을 의사에게 데려간다.

잠시 후에 해안으로 산책을 나간 뫼르소는 그 아랍인들 중의 한 사람과 만난다. 그 사람은 뫼르소를 보고 칼을 뽑아 든다. 남국의 작열하는 태양이 해변의 모래사장을 뜨겁게 달구고 있었다. 아랍인이 뽑아 든 칼이 작열하는 태양 광선에 반사한다. 그러자 숨막히는 순간, 모든 것이 정지했던 순간의 균형이 깨지고 뫼르소는 손에 쥐었던 총의 방아쇠를 당긴다. 모든 것은 그때부터 시작된다.

이제 뫼르소는 절대적인 고독에 내던져진 이방인이 된다. 살인자로서 재판에 회부된 그는 뉘우칠 줄 모르는 부도덕한 인간으로, 사회적 제재를 받아 마땅한 존재로 취급된다. 아랍인의 행위에 대한 증인들이나 상황 증거는 그에게 불리한 것들뿐이다.

세상은 그가 걸어온 삶과 행위에서 모든 맥락과 의미를 찾아내려고 애쓴다. 어머니를 양로원에 보낸 일, 어머니의 주검 앞에서 눈물을 흘리지 않은 일, 그리고 태연히 담배를 피우고 밀크 커피를 마신 일, 장례식에서 돌아온 직후 여자와 즐기고, 건달과 사귀면서 자기하고 아무 상관도 없는 사람을 죽였고, 그 시체에다 다시 총 네 발을 더 쏜 일, 이 모든 사실들은 윤리, 도덕 그리고 인간의 상식에서 벗어난 짓으로 규탄받는다. 게다가 범행의 원인이 태양 때문이었다는 그의 진술은 사람들을 더욱 격분시킨다. 그는 자신의 그러한 행위에 회한을 느끼기보다는 권태감을 느낄 뿐이다.

검사는 그의 정신 감정을 의뢰해서 정상인이 아니라는 결과를 얻어 보려고 하지만 뫼르소는 이를 거절한다. 처음 체포되었을 때, 뫼르소 자신이나 경찰관, 그리고 검찰로 송치된 뒤 담당 검사까지 이 사건을 대수롭지 않은 것으로 생각한다. 그러던 것이 점점 단순 살인이 아닌 복잡한 사건의 양상을 띠게 되는 것을 보고 가장 놀란 것은 뫼르소 자신이었다. 심문이 본론으로 들어가고, 범행 동기에 대해 심문을 받았을 때 그는 난처해한다. 자기도 뚜렷한 범행 동기를 알 수 없었기 때문이다.

감옥에 갇혀 있는 동안 가장 괴로웠던 것은 여자에 대한 욕망, 금지된 흡연 등 바깥 세계에서는 대수롭지 않게 충족되던 일에 대한 차단이다. 그러한 고통을 제외하면 뫼르소는 과히 불행하지 않았다.

한여름이 지나가고 다음 여름이 다시 돌아오자, 이 미결수는 드디어 중죄 재판소에서 심리를 받게 된다. 뫼르소는 처음으로 무슨 연극을 보는 사람처럼 이런 광경을 면밀히 관찰하지만 결과가 어떠한 방향으로 진행될지 알지 못한다. 그의 운명은 그와는 아무런 상의도 없이 결정되어 가고 있었기 때문이다. 레이몽과 공모한 '위계에 의한 살인'임이 검사의 말대로 확정되어 가는데 뫼르소 자신도 그것이 사실인 것처럼 느껴진다. 사형이 확정되고, 뫼르소는 자기가 행복하다고 느낀다. 죽음 앞에서 자기의 삶이 증명될 여지가 있으므로.

『이방인』은 현대 사회 속에 내포된 모순과 현대인의 생활 감정

속에 잠재하고 있는 부조리의 의식을 극명하게 표현한 작품이다. 이 소설은 일체의 허위적 습관에서 벗어난 인간의 상황을 제시하는 한편, 그러한 인간이 마지막 의지처로 삼을 수 있는 윤리를 제시한다. 사회 속에서 절망을 느끼면서도 종교에 의탁하지 않고, 현세의 행복을 추구하는 숙명적인 부조리의 의식을 그리고 있는 것이다. 이러한 자기 모색의 과정에서 인간은 삶과 죽음의 모순 속에 살도록 운명 지어져 있고, 죽음이 있음으로써 삶의 가치가 있고, 삶을 살 만한 가치가 있다는 것을 보여 준다.

작가 연보

1913년   11월 7일, 프랑스령 알제리의 지중해 연안 몽도비에서 태어남.

1914년(1세)   제1차 세계 대전이 발발하여 아버지가 전선에서 전사함. 알제 시 벨쿠르가에 정착함.

1918년(5세)   벨쿠르 공립 초등학교에 입학함.

1923년(10세)   루이 제르망 교사의 추천으로 장학생 선발 시험을 치르게 됨. 10월, 알제 중학교에 장학생으로 입학함.

1930년(17세)   대학 입학 자격 시험에 합격함. 첫 번째 폐결핵을 앓음.

1931년(18세)   철학자 장 그르니에 교수를 만남.

1933년(20세)   첫 번째 결혼을 함.

1934년(21세)   이혼함. 아랍인 이슬람교도 해방 표방. 알제 지구당에 입당함.

1935년(22세)   공산당에서 탈당함. 에세이 『표리』를 집필하기 시작함. 극단 '노동 극장'을 창립 · 주재하고, 정치극 『아스튀리의 반란』을 공동 집필함.

1936년(23세)   졸업 논문 『프르탱과 성 아우구스티누스를 통해서의 헬레니즘과 그리스도교』 통과. 알제의 샤를로 출판사에서 희

166

곡 『아스튀리의 반란』 출판.

1937년(24세)   알제의 샤를로 출판사에서 『표리』 간행. 극단 '동지' 창
              립 · 주재.

1938년(25세)   파스칼 피아의 《알제 레퓌블리캥》지 기자로 입사. 알제의
              샤를로 출판사에서 에세이 『여름』 출간.

1939년(26세)   전쟁이 발발하여 의용군으로 지원함.

1940년(27세)   재혼. 꾸준한 식민지 정책의 비판으로 알제리에서 추방당
              함. 파리의 석간지 《파리 스와르》지 기자로 활동. 오랑 시
              의 사립 고등학교에서 교사 생활을 함.

1942년(29세)   7월, 갈리마르사에서 『이방인』 출판. 레지스탕스 조직인
              '투쟁'에 참여. 『시지프의 신화』 출간.

1943년(30세)   갈리마르사 교열 위원이 됨. 지하 신문 《콩바》지가 발생
              됨. 『어느 독일인 친구에게 보내는 편지』의 첫 부분 출판.

1944년(31세)   『어느 독일인 친구에게 보내는 편지』 마지막 부분 출간. 8
              월 21일, 파리가 해방되어 《콩바》지 주필로서 많은 논설
              을 씀.

1945년(32세)   에베로 극장에서 「칼리굴라」 공연.

1946년(33세)   뉴욕에서 강연.

1947년(34세)   『페스트』 출간. 비평가 상을 받음.

1948년(35세)   마리니 극장에서 「계엄령」 공연.

1949년(36세)   남미 여행. 에르보 극장에서 「정의의 사람들」 공연.

1951년(38세)   10월, 『반항적 인간』 출판. 《현대》지의 격렬한 공격을
　　　　　　　받고 사르트르와 결별.

1953년(40세)   앙제 연극제에서 「십자가 신앙」, 「정령」 등을 연출 공
　　　　　　　연함.

1954년(41세)   에세이 『여름』 출판.

1956년(43세)   알제리 휴전을 호소함. 5월, 『전락』 발표.

1957년(44세)   3월, 『적지와 왕국』 출간. 앙제 연극제에서 「칼리굴라」
　　　　　　　와 「올메도의 기사」 공연. 스톡홀름에서 노벨상을 수상함.

1958년(45세)   소설 『최초의 사람들』 집필 준비.

1960년(47세)   1월 4일, 자동차 사고로 사망함.